KB180251

백 번째 원숭이를 움직인 생각

DAIJYOBO! UMAKU IKUKARA by HOHOKO ASAMI

Copyright©2003 HOHOKO ASAMI
All rights reserved.
Originally published in Japan by GENTOSHA Co., Ltd.
Korean translation rights arranged with GENTOSHA Co., Ltd.
through UNION Agency, Seoul.

백 번째 원숭이를 움직인 생각

아사미 호호코 지음

권남희 옮김

이가서
Leegaseo publishing

차 례

01

오늘을 사는 우리는 의식혁명이 필요하다

지금 행복하세요?

당신은, 지금 행복하세요?

하루하루가 즐겁고 앞으로의 일을 생각하면 가슴이 두근두근 설레나요? 당신에게 일어나는 좋은 일, 나쁜 일 모두가 당신에게서 비롯되고 정해진다는 것을 알고 있나요? 당신에게 '행복'이란 무엇인가요?

현대는 미래가 불안한 시대입니다. 대기업의 도산, 만성적인 불경기, 세계의 크고 작은 분쟁, 환경오염. 이대로 가다가는 도대체 어떻게 될지, 남녀노소 모두 걱정하는 시대가 바로 현대입니다.

지금까지 행복하다고 생각했던 기준이 근본부터 무너져버릴 수도 있습니다. 상식이라고 생각하던 것이 개인적인 것은 물론 국가 수준에서도 눈 깜짝할 사이에 완전히 뒤집어지는 경우도 있습니다.

자기 주변의 일뿐만이 아닙니다. 세계에서 일어나는 전쟁과 분쟁도, 더는 '강 건너 불'이 아닌 지경에 이르렀습니다. 지금 이 순간도 세계 곳곳은 끔찍한 테러와 전쟁으로 아수라장 그 자체입니다.

나라 안에서든 밖에서든 무슨 일이 어떻게 일어날지 아무도 모릅니다. 또 무엇을 의지하고 무엇을 믿으며 무엇에서 행복을 찾아야 할지도 모르는 시대입니다.

전쟁과 기아로 고통 받는 사람들이 가득한 세상에서 자기 한 사람의 행복을 찾는다는 것이 너무 이기적이라는 생각이 들지도 모릅니다. 그러나 한 사람 한 사람의 행복이 없으면 세계의 행복도 있을 수 없습니다. 한 사람이 자신의 생활 속에서 행복을 찾으면서 살아간다면 그 집합체인 세계도 행복해지는 것입니다.

저는 '한 사람 한 사람의 정신 레벨이 높아져 자신의 생활에 만족하고 행복을 느끼는 사람이 늘어나게 되면, 세계의 전쟁도 사라져갈 것'이라고 믿습니다.

사람의 의식은 시간과 공간을 뛰어넘습니다. 한 사람이 발산하는 의식의 힘은 그 사람 주변뿐만 아니라 온 세계에 영향을 끼칩니다.

언젠가 당신도 책 한 권을 읽고 의식을 약간 바꾸었을 뿐인데 주변이 달라져 가는 것을 몸소 체험했던 경험이 있을지 모르겠습니다. 자기 주변에 영향을 줄 수 있다면 세계를 바꾸는 것도 어렵지 않습니다. 범위를 조금 더 넓히는 것뿐입니다.

저는 각계각층에서 활약하고 있는 유명인들과 만나면서, 이 「의식 개혁」이 온 나라에 조금씩 퍼져 가고 있다는 것을 알게 되었습니다. 이처럼 정신 레벨이 높은 집단이 여기저기 나타나기 시작하면, 이것이 「백 마리째 원숭이 현상」을 일으켜, 이윽고 전 지구적으로 의식이 달라질 것입니다.

십 년 전만 해도 받아들여지기 힘들었던 생각을, 시대와 세계가 요구하고 있습니다. 과학계에서도 의학계에서도 이 '의식의 파워'를 확실히 인정하기 시작했습니다.

한 사람 한 사람의 기분이나 마음, 의식의 파동이 높아지면 지구는 달라질 것입니다. 전 지구를 바꿔버릴 수 있는 이 엄청난 파워에, 지금 당신이 어디에 있든 상관없이 동참할 수 있습니다.

몇 년 전 『당신은 절대 운이 좋다』라는 책에서 이 의식 수준에 대해 얘기했더니, 전국 각지에서 천 통 이상의 메일이 쏟아져 들어왔습니다.

"나는 이제 틀렸다고 체념하고 있었는데 큰힘이 되었다."

"이렇게 편한 사고 방식이 있었다니, 눈이 번쩍 뜨였다."

"책대로 따라 했더니 정말 대단한 일이 일어났다."

"지금까지의 고민이 모두 사라졌다."

"평생 나만의 성경책으로 삼고 싶다."

"문제가 깨끗이 해결되었다. 정말 믿을 수 없다."

"마음만 먹어라. 실현할 수 있다. 철학자나 이미 성공한 사람들이 내뱉는 말이라고 생각했는데, 지금 내가 이 말을 하고 있다."

독자들에게서 쏟아지는 뜻밖의 반향과 감사의 말에 저는 몹시 흥분했습니다. 그것은 사실 책의 힘이 아니었습니다. 바로 이를 실행한 독자들의 의식의 힘이었습니다.

'말을 물가에 끌고 갈 수는 있지만 억지로 물을 마시게 할 수는 없다'는 옛말이 있지 않습니까. 현대는 이처럼 어떻게 해야 할지 몰라 고민하는 사람들이 넘쳐나는 시대입니다. 무엇이 행복이고, 어떻게 하면 행복해질까를 끊임없이 고민하고 있는 것입니다.

'백 마리째 원숭이 현상' 이야기

1950년, 일본 미야자키 현의 고지마에서 원숭이를 고구마로 길들일 때 이야기입니다. 처음에 원숭이들은 고구마에 묻은 흙을 손으로 고구마를 툭툭 털어내고 먹었습니다. 그러던 어느 날, 원숭이 한 마리가 고구마를 물에 씻어서 먹기 시작했습니다. 다른 원숭이들이 하나둘 흉내를 내기 시작하더니, 얼마 후부터는 모든 원숭이들이 고구마를 씻어 먹게 되었습니다.

일은 여기서 끝나지 않습니다. 이 섬에서 멀리 떨어진 다카자키 산을 비롯한 다른 지역에 사는 원숭이들도 고구마를 씻어 먹기 시작한 것입니다. 그들 사이에는 아무런 접촉도 없었고, 의사소통을 할 수 있는 상황도 아니었습니다. 그럼에도 불구하고, 고구마는 씻어 먹는 거라고 전수라도 받은 것처럼 같은 행동을 했던 것입니다.

이 현상에 미국의 과학자 라이언 왓슨은 '백 마리째 원숭이 현상'이란 이름을 붙였습니다. 백 마리째 원숭이 현상이란 어떤 행위를 하는 개체의 수가 일정량에 도달하면 그 행동이 특정 집단에만 국한되지 않고 공간을 넘어 확산된다는 '불가사의한 현상'을 말합니다.

그 후 많은 동물학자와 심리학자들이 다양한 실험 결과를 내놓았는데, 백 마리째 원숭이 현상은 원숭이뿐만 아니라 인간을 포함한 포유류, 조류, 곤충류에서도 볼 수 있는 현상임이 밝혀졌습니다. 결국 내가 달라지면 우리가 변하고, 우리가 변하면 세상이 바뀐다는 진리를 확인하게 된 셈입니다. 남보다 긍정적이고 창의적인 생각을 갖는 사람만이 그 일을 시작할 수 있습니다.

보이지 않는 세계를
인정하는 시대

현대에 들어서면서 많은 사람들이 의식의 파워를 깨닫기 시작했습니다. 그 전에는 종교나 철학, 사상의 범주에서 의식의 힘을 인식하는 수준이었지만 이제는 과학, 종교, 예술, 스포츠, 비즈니스 등 통용되지 않는 분야가 없을 정도입니다.

어떤 분야에서든 정상까지 도달한 사람들은 의식의 힘, 눈에는 보이지 않는 '다음' 차원을 이해하고 있습니다. 공공연하게 말하고 있지 않을 뿐입니다.

뉴 사이언스라고 일컬어지는 최첨단 과학계에서는 "신과 보이지 않는 세계의 일을 빼면 발전하지 않는다"고까지 말합니다. 보이지 않는 세계에 대해 서슴지 않고 이야기하는 과학자를 만나게 되면 저도 시대가 달라져 가는 것을 새삼 느낍니다.

로봇 개 '아이보'를 발명한 「소니」의 상무 도이 도시타다 씨는, 그의 저서 『여기까지 왔다 '내세'의 과학』에서 다음과 같이 쓰고 있습니다.

"미래의 역사가는 인류의 장대한 사상사 속에서, '정신'과 '물질'을 따로 구별한 18, 19, 20세기 300년간을 아주 특이한 기간이라고 정의할 것입니다."

말하자면 옛날에는 하나였던 과학과 종교가 도중에 나뉘어져버렸고 지금에 와서 다시 되돌아가고 있으니, 이것을 더 나중의 미래에서 보면 현대라는 것은 '정신'과 '물질'이 나뉘어져 있던 이상한 시대가 될 것이라는 얘깁니다. 사실 고대의 과학자들은 과학자인 동시에 사상가였고 종교인인 경우가 대부분이었다고 합니다(여기에서 말하는 종교인이란 오늘날의 종교인과는 다소 의미가 다를 것입니다. 단지 보이지 않는 세계와 정신적인 면까지 이해하고 있는 사람 정도로 이해하면 좋을 것입니다).

일반인들도 보이지 않는 세계와 의식과 사물의 관계 등 자연계의 룰을 점점 깨달아가기 시작했습니다. 과학의 세계에서는 몇 년 전부터 그런 징조가 있어 왔습니다.

로봇 개 아이보를 발명한 과학자 역시 과학과 보이지 않는 세계의 융합에 대해 단언했던 사람들 중의 하나였습니다.

과학자 도이 도시타다 씨는 두 개의 이름을 가지고 있습니다. 『여기까지 왔다, '내세'의 과학』을 시작으로 명상과 정신 세계, 즉 보이지 않는 세계에 대해 쓸 때는 '덴게 시로'라는 필명을 사용하고 있습니다. 그리고 오랫동안 두 사람이 동일 인물이라는 것을 세상에 공개하지 않았습니다. 어쩌면 「소니」의 과학자가 보이지 않는 세계에 대해 이야기하는 것은 모양새가 좋지 않다고 생각했을 수도 있습니다.

2001년 12월 23일자 『요미우리 신문』의 기사를 빌어 이 비밀은 밝혀졌습니다. 두 사람이 동일 인물이라는 것을 알고 놀란 분들이 꽤 많았을 것입니다.

바로 오늘 이 시대는 이러한 사실이 큰 반향 없이 받아들여지는 그런 시대인 것입니다.

유전자 연구로 잘 알려진 츠쿠바 대학 명예교수인 무라카미 카즈오 선생(1983년에 효소 '레닌' 해독에 성공하여 세계의 주목을 받았다. 사람의 의식과 몸의 관계를 유전자 레벨에서 증명하고 있다)은 이런 이야기를 했습니다.

"인간은 유전자에 담겨져 있는 능력의 몇 퍼센트밖에 사용하고 있지 않다. 이 능력을 펼치기 위해서는 인간의 눈에는 보이지 않는 '어떤 힘'이 필요하다. 그것의 원천이 바로 플러스 사고이다."

또 다른 그의 저서 『생명의 암호』에 따르면, 모든 정보가 쌓여 있는 유전자에는 ON과 OFF 상태가 있는데, 이를테면 암에 걸린 사람은 암에 걸릴 유전자가 ON 상태가 되어 있는 것이라고 합니다. 이것을 치료하기 위해서는 암의 유전자를 OFF 상태로 만들거나 암을 예방하는 성질의 유전자를 ON 상태가 되게 해야 하는데, 이것을 ON이든 OFF이든 좌지우지하는 것이 바로 '플러스 사고'라고 합니다.

　이처럼 과학자나 의학박사들이 눈에 보이지 않는 것을 당당히 이야기하는 시대가 된 것입니다.

시공을 뛰어넘는
사람의 의식

"사람의 의식에는 파워가 있다"라고 거의 모든 분야에서 말들 합니다. 다만 그 표현하는 방식에서 차이가 있을 뿐입니다.

기공의 세계에는 '의념意念 활동'이라는 말이 있습니다. '의'는 의식, '염'은 염력을 말하는 것으로, 사람의 의식은 시간과 공간을 초월하여 현실 세계를 움직이는 힘이 있다는 말입니다.

이것을 직접 느껴볼 수 있는 훈련을 한번 해볼까요?

가령 앞에 걸어가는 사람을 향해 '나를 돌아봐!' 라고 강하게 생각해 보세요. 이를 일러 '기를 날려보낸다'고 합니다. 상대방이 어떻게 느껴서 돌아보는지는 알 수 없지만, 어쨌든 정말 당신 자신을 돌아볼 때가 있을 것입니다. 이것이 바로 사람의 의식이 강하게 모이는 순간, 그것이 상대방에게 전해진다는 증거입니다.

몇 년 전에 있었던 제 어머니의 이야기입니다.

제가 테니스 시합을 하고 있던 그 시간에, 집에 계시던 어머니가 대기 중의 기를 모아 제게 보냈다고 합니다. 게임을 잘하여 이기게 해달라는 기도를 담아 보냈던 것이지요. 이것을 '정보를 넣는다'고 표현합니다.

물론 게임에 임하고 있었던 저는, 어머니가 기를 보내고 있다는 것을 몰랐지요. 그 이유는 알 수 없지만 그날만큼은 평소에 자신 없던 발리(공이 땅에 닿기 전에 되받아치는 것)와 서브가 잘 돼이길 수 있었습니다.

학창 시절, 시험을 칠 때에도 이 같은 일이 여러 번 있었습니다.

앞서와 마찬가지로 어머니가 집에서 기를 보냅니다. 그때 뭔지 모르게 느껴졌던 것과 희미하게 떠오른 영상과 집에 왔을 때 제가 하는 이야기가 딱 일치되는 일이 곧잘 있었습니다.

예를 들면 어머니를 향해 V자를 보이고 있는 영상이 떠올랐을 때는 집에 돌아와서, "오늘은 완벽했어"라고 첫마디를 내뱉으며 떠올랐던 영상과 똑같이 V자를 그려 보였습니다. 필사적으로 뭔가를 쓰고 있는 장면이 떠올랐을 때는 "시간은 촉박했지만 어쨌든 답안지는 다 채웠어"라고 말하는 식이었습니다.

어머니가 몇 번이나 기를 보내도 아무것도 떠오르지 않을 때도 있었습니다. 아니, 떠오르지 않는다기보다 교실 안에 아무도 없는 영상이 떠올라 '이건 어떻게 된 거지' 생각했더니, 제가 날짜를 잘못 알아 그날은 시험이 없었던 것입니다.

이런 일은 누구나 가능합니다. 다만 단순한 사람이나 순수한 사람, 어린이나 노인들이 보다 쉽게 체험할 수 있는 반면, 까다롭고 의심 많은 성향의 사람들은 다소 어려움이 있습니다.

이런 힘을 기공의 세계에서는 '기氣'라고 부릅니다. 다른 분야에서는 '에너지'라든가 '파워'라고 부르기도 하고, 또 '파동波動'이라고 일컫기도 합니다. 다소 다른 의미가 포함되기도 하지만 표현 방법이 다를 뿐 기본적으로는 모두 같은 이야기입니다.

정신 레벨도 마찬가지입니다. 불교에서는 사람이 가진 '기'와 '파동'의 질을 높이고, '에너지'를 강하게 하는 것을 '덕을 쌓는다'고 말합니다. 바로 정신 레벨을 올리는 것을 말합니다.

기가 강한
사람이 매력 있다

사람이 가진 '에너지', '기', '파동'은 자신의 몸과 마음속에만 있는 것이 아닙니다. 그것은 사람의 몸을 넘쳐 몸 밖의 주변을 부드럽게 싸고 있습니다. 말하자면 그 사람의 주변까지도 그 사람의 의식에 포함된다는 말입니다.

어느 범위까지를 둘러싸고 있는지, 그것이 빛 같은 것인지, 또 빛이라면 무슨 색을 띠는지 따위는 사람에 따라 크기와 질이 다양합니다.

이렇게 사람에게서 넘쳐나는 것, 혹은 사람을 둘러싸고 있는 것을 그 사람이 가진 '기氣'라고 합니다. 따라서 "그 사람은 주위를 압도하는 분위기가 있어", "그 사람은 사람을 끄는 묘한 매력이 있어"라는 말을 듣는 사람들은 그 사람을 둘러싸고 있는 '기'와 '에너지'와 '파동'의 힘이 크고 강하다고 할 수 있습니다. 똑같은 이야기를 남들보다 설득력 있게 하는 사람이나 재미있게 하는 사람도 마찬가지입니다. 남들보다 기와 에너지와 파동이 강한 것입니다.

어떤 사람을 처음 만났는데 압도당하는 것 같은 인상을 받을 때가 있습니다. 이것은 에너지가 작은 사람이 에너지가 큰 사람의 '의식의 장場' 속으로 빨려 들어갔기 때문입니다.

어떤 한 사람과 마주한다는 것은 그 사람의 몸 주위에 있는 기와 에너지와 맞선다는 것을 의미합니다. 따라서 에너지가 약한 사람이 에너지가 강한 사람의 의식 속으로 빨려들게 되는 것입니다. 이를 "그 사람의 기가 주위를 둘러싸고 있다"라고 표현할 수도 있습니다. 이런 경우에는 빨아들인 쪽의 생각대로 되기 쉽다고 할 수 있지요.

'기백氣迫'이라는 말이 있습니다. 말 그대로 그 사람의 기에 박력이 있어 상대를 압도한다는 말입니다. 비즈니스 협상시에 특히 중요하지요.

그렇다면 크기가 같은 '에너지'와 '기', '파동'을 가진 두 사람이 이야기를 하게 되면 어떻게 될까요? 이런 경우에는 두 개의 기가 서로 섞여 커지게 되기 때문에 아주 죽이 잘 맞거나 의기투합이 이루어지게 됩니다. 원래 '의기투합意氣投合'이라는 말 자체가 '의식과 기를 서로 합쳐서 모은다'는 뜻을 가지고 있지요.

기질(기의 질)이 닮은(정신 레벨이 닮은) 사람끼리는 기가 맞아서 이야기가 잘 통합니다. 반면에 두 사람의 기질이 너무 다르면(정신 레벨이 너무 다르면) 이야기에 진전이 없고, 일방적인 대화가 되어버리거나 불편한 심정을 만들기 십상입니다. '정신 레벨이 다른 사람끼리는 깊은 관계를 갖지 못한다'는 것은 바로 이런 뜻입니다.

관객들을
흥분시키는 방법

콘서트장에 가보면 기氣가 섞여 있는 것을 실제로 느낄 수가 있습니다.

콘서트장 전체가 열기에 싸여 화끈 달아올랐다는 말은 출연자와 콘서트장에 있는 관객들의 에너지와 기가 하나로 모여 교류하고 있다는 증거입니다. 반대로 모두의 기와 에너지가 하나로 모아지지 않으면 "오늘은 왠지 흥이 안 나네" 하는 식으로 관객들의 투덜거림이 있게 됩니다.

따라서 콘서트장의 분위기를 띄우기 위해 관객들에게 크게 소리를 지르도록 유도하는 가수도 있고, 짧은 대화를 주고받는 식으로 서로의 기와 에너지를 높인 후 콘서트를 시작하는 가수도 있습니다. "여러분, 안녕하세요!" 하고 가수가 소리치면, 관객들이 "안녕하세요!" 하고 대답하게 하는 것도 콘서트장의 분위기를 무르익게 하는 방법의 하나인 것입니다.

1993년에 산토리 홀에서 열렸던 호세 카레라스의 콘서트에 간 적이 있습니다.

무대 매너와 노래는 더할 나위 없이 훌륭했습니다. 하지만 콘서트 중반까지도 사람들이 별로 분위기를 타지 못하고 있어서 '어떤 색다른 감동을 자아내는 분위기가 필요하지 않을까' 하고 생각하고 있을 때였습니다.

그때 갑자기 황태자님이 나타나셨습니다. 당시, 마사코 님과 약혼을 막 발표했을 때였기 때문에 콘서트장의 관객들은 웅성웅성 들뜨기 시작했고, 큰소리로 "축하합니다~"를 외치면서 일제히 박수를 보냈습니다.

그런 분위기 속에서 카레라스가 황태자님을 위해 노래를 부르기 시작했고, 콘서트장은 갑자기 끓어오르기 시작했습니다. 그리고 급기야는 열정과 흥분의 도가니 속으로 빠져 들어갔습니다.

황태자님의 약혼을 진심으로 기뻐하는 콘서트장 사람들의 마음이 통하고 기가 커져서 분위기가 더욱 불타올랐던 것입니다.

그 열정이 넘치는 콘서트장 한가운데 있었던 저는 그곳에 있는 사람들의 '기'와 '에너지'와 '파동'이 하나가 되어, 엄청나게 커지는 것을 느낄 수 있었습니다. 그야말로 '소름 끼치는 감동'이었습니다.

최근에 저는 이런 파동에 얽힌 이야기를 자주 듣습니다.

「와랏데이이또모」(일본에서 평일 낮 12시에 하는 TV 오락 프로그램)의 텔레폰쇼킹에 나왔던 미가와 아키히로 씨가 사회자에게 선물을 건네면서 이렇게 말했습니다.

"파동을 재는 기계가 있는데 말이죠, 제 노래는 파동이 아주 좋대요. 희한하게도 제 노래를 듣는 사람들 모두가 똑같이 좋은 파동이 된다고 하더군요."

오늘날은 이런 이야기를 해도 이상한 사람으로 취급받지 않아도 되는 시대입니다. 다방면의 많은 사람들이 이러한 것을 쉽게 받아들이고 있습니다.

이제는 이런 이야기가 사실인가 아닌가 하는 문제에서 벗어나, 이 힘을 플러스로 이용하려면 어떻게 해야 할까 하는 문제로 눈을 돌릴 때입니다.

02

사람의 의식은 현실을 움직인다

당신 주변의 일은
당신의 의식이 만든다

당신에게 일어나는 일은 모두 당신의 의식이 만들고 있습니다. 사람의 의식은 하나의 파워이기 때문에, 그 사람이 항상 생각하고 있는 쪽으로 현실을 움직이게 되어 있습니다.

이것을 눈에 보이는 현실적인 레벨에서 생각해 보기로 하겠습니다.

우선, '언젠가 ~을 하고 싶다'라고 구체적으로 생각하고 목표를 세웠다고 칩시다. 그 일을 하고 싶다, 승진하고 싶다, 독립하고 싶다, 결혼하고 싶다, 이런 집에 살고 싶다, 이런 생활을 하고 싶다 등 무엇이 됐든 나름대로 달성하고 싶은 목표를 세우는 것입니다.

몇 년 후에 그것이 이루어졌다고 합시다. 달성할 때까지 많은 노력을 기울였을 것이고, 많은 주위 사람들의 지지가 있었을 것이며, 몹시 힘들 때도 있었을 것입니다. 그때 그 사람의 도움이 없었더라면 불가능했을지 모른다는 경험도, 그 사람 나름대로 있겠지요.

그렇다면 과연 그 목표가 현실이 될 수 있었던 첫 번째 이유는 무엇일까요?

그것은 바로 처음에 당신이 '~을 하고 싶다'고 생각했기 때문입니다. 그 생각대로 움직였기 때문입니다. 먼저 '~을 하고 싶다', '~을 하겠다'가 없었더라면, 절대로 현실이 될 수 없었을 것입니다.

눈에 보이는 세상의 모든 물질도 대부분 인간의 의식이 만들어낸 것입니다. 휴대전화며 액정 텔레비전, CD도 MD도 로봇 애완동물도, 제가 어릴 때는 없었습니다. 어떤 누군가가 '이런 게 생기면 좋겠네' 하고 줄곧 생각해 왔기 때문에 지금의 형태가 되었을 겁니다. 처음에 그 누군가의 의식이 없었더라면 생겨나지 않았을 것입니다.

마음속으로 계속 생각하다 보면 반드시 현실 세계에 나타납니다.

자신이 꼭 이루고 싶은 것, 꿈이나 희망도 진심으로 생각하고 있으면 반드시 이루어집니다. '지금의 내게는 도저히 무리야'라고 생각되는 엄청난 꿈이더라도, 줄곧 마음속으로 생각하고 있으면 분명 실현될 것입니다.

　'~을 하자'고 목표를 세우게 되면, 눈에는 보이지 않지만 목표에까지 이르는 길이 생기게 됩니다. 그 길은 정신 레벨에 맞춰 멀어지기도 하고 가까워지기도 하며 휘어지기도 할 것입니다. 단, 정신 레벨을 올리면 올릴수록 목표에 이르는 길은 분명히 가까워집니다.

정말로 그렇게 될 것 같은
의식의 틀 만드는 방법

마음속으로 생각하는 것은 반드시 현실 세계에서 이루어집니다.

다만 한 가지 짚고 넘어갈 것은, 앞으로의 시대에는 자신의 욕망을 채우기 위해 그리는 꿈이나 목표는 아무리 열심히 그려도 잘 이루어지지 않는다는 것입니다. 사리사욕을 위한 것이나, '조금만 더 조금만 더' 하는 식의 욕심을 채우기 위한 희망이라면 반드시 실패합니다. 반대로, 나 한 사람의 행복과 평화를 넘어 다른 사람의 것으로까지 이어지는 것이라면 어떤 일이든 길은 열릴 것입니다. 그것이 바로 세계(우주)가 원하는 것이기 때문입니다.

하지만 우선은 자기 자신이 행복해지는 것에 시선을 두는 것이 좋습니다.

자신의 일은 덮어놓고 다른 사람의 행복을 생각하는 것은 확실히 멋진 일입니다. 하지만 무리하는 경우에는 위선자처럼 보이기도 하며, 오래 지속하기도 힘듭니다. 게다가 자기 자신은 행복하지 못하면서 타인의 행복에 관여할 수는 없습니다.

따라서 자기 자신이 행복해지는 것을 목표로 할 때, 그리고 그 꿈이 타인에게 폐를 끼치지 않으면서 자신의 마음이 정말로 즐겁고 신나는 것일 때 현실이 됩니다.

목표를 현실로 만들려면 그 꿈이 이루어졌을 때의 상황을 구체적으로 생각해 봐야 합니다. 누구나 희미하게는 그려볼 것입니다. 그러나 그 그림을 얼마나 명확하고 선명하게 그려보는가가 실현 가능성을 좌우한다고 할 수 있습니다. 어떤 과정을 통해서 그것을 이룰 것인가는 생각하지 않습니다. 우선은 이루어졌을 때의 상황을 구체적이고 선명하게 생각해 주십시오.

마음속으로 당신 자신이 가장 이루고 싶은 것을 하나 생각해 주세요.

지금 시점에서는 너무 원대해서 쑥스럽다고 생각되는 것도 좋습니다. 혼자 마음속으로 생각만 할 뿐, 남들에게 알리는 것은 아니니 진심으로 이루고 싶은 것을 생각해 보십시오. 그것이 누군가의 불행을 바라는 것이나 폐를 끼치는 것이 아닌 한,

크고 작음에 관계없다는 것을 유념하십시오.

자, 이제는 생각한 그것이 현실이 되었을 때의 모습을 생각해 봅니다. 그리고 이루어졌을 때 당신이 어떤 식으로 기뻐할지를 상상해 보세요.

손가락으로 V자를 그리고 있는 모습, 만세를 부르며 활짝 웃고 있는 모습, 가족과 "정말 잘됐어"라며 웃고 떠드는 모습, 친구들이 기뻐해 주는 모습, "그 사람은 이런 말을 건네줄지도 몰라", "그 사람은 이런 말을 할 것 같은데" 하는 식으로 사람들의 대사까지 실제처럼 생각해 보세요. 그때 당신이 입고 있는 옷과 방의 모습, 주변의 경치와 날씨까지 영화의 한 장면처럼 그려보세요. 분명히 이렇게 될 것이라고 상상되는 것은 전부 구체적으로 생각합니다.

언제나 같은 장면이 나오도록 하나의 영상으로 굳혀주십시오.

굳혀졌습니까?

영상이 정해졌다면 언제나 그 장면을 떠올리도록 합니다. 길을 걸을 때나 전철을 타고 있을 때, 욕조에 있을 때나 잠들기 직전까지도. 기본적으로 멍하니 있을 때나 휴식을 취하고 있을 때 생각하는 것이 좋습니다.

항상 이렇게 생각하고 있으면 그 장면에 익숙해져 이제 곧 그렇게 될 것처럼 느껴집니다. 그렇게 되는 것이 당연한 것 같은 생각이 듭니다. '그렇게 되는 것이 당연하지' 하고 진심으로 생각하게 될 정도가 되면, 현실에서도 변화가 생길 것입니다.

「개운開運! 무엇이든 감정단」에서 장난감 감정을 하는 기타하라 테루히사 씨가 현재 살고 있는 해변의 집을 구입하게 된 것도, 바로 이런 생각법의 결과라고 합니다.

우연히 그 하얀 집을 발견했는데, 너무나 반해 버린 나머지 머릿속에서 내내 떠나질 않자 '나는 꼭 저 집에 살 거야!' 하고 멋대로 마음먹었다고 합니다. 당시, 그 집은 매물로 내놓을 예정이 전혀 없어, 그 시점에서는 손에 넣을 가능성이 전혀 없었는데도 '저 집에 살 거야' 하고 무조건 믿어버렸다고 합니다.

그런데 반 년 정도 지나 그 집이 매물로 나왔습니다. 더욱이 탐내는 사람들이 여러 명 있었지만, 기타하라 씨가 희망한 가격으로 살 수 있었다고 합니다.

막 생각하기 시작했을 때는 무리라고 생각되는 일이어도, 시간이 지나면 어떤 일이 일어날지 모르는 것입니다. 그러니 그 과정을 미리 이것저것 생각할 필요가 없겠지요.

그곳에 살고 있는 내 모습을 상상하면 가슴이 설레고 즐겁다, 이것이 생각법의 요령입니다. 열심히 생각하려 하지 않아도 생각하고 있으면 점점 즐거워져서 마치 정말 그렇게 된 것 같다는 식으로 즐겁게 상상하는 것입니다.

기타하라 씨의 해변의 집을 방문했을 때, 우리 가족은 감회가 새로웠습니다. 텔레비전이나 잡지를 통해 그 하얀 집을 처음 보았을 때부터 바다를 좋아하는 아버지께서는 무척 마음에 들어하시며, "언제 꼭 보러 가자"라고 말씀하셨습니다. 당시 기타하라((주)토이즈를 설립 후, 여러 개의 박물관을 세우고, 「개운(開運)! 무엇이든 감정단」에서 장난감 감정사로 나오는 한편, 텔레비전이나 강연에서도 맹활약 중이다) 씨와는 아무런 면식도 없었는데, 어느 틈엔가 가족끼리 왕래하는 사이가 되어 '아, 역시 또 현실이 되었구나' 하고 감탄했습니다.

요약하자면, 생각을 그릴 때의 요령은 그것이 어떻게 이루어지는가 하는 과정은 생각하지 말고, '바람대로 되어서 너무 잘됐어, 정말 기뻐' 하며 싱글벙글 웃는 모습만 상상하면 된다는 것입니다.

줄곧 생각을 하다 보면 정말로 그렇게 된 것 같은 착각이 듭니다. 이때 사람의 의식에는 어떤 변화가 일어나고 있을까요?

저는 그 사람이 매일 생각하고 있는 것이 그 사람의 '의식의 틀'이 된다고 생각합니다. 틀 모양은 사람에 따라 각양각색으로, 이 틀을 만드는 것이 사람들이 가진 각각의 '의식'입니다.

'○○가 되겠다!'고 항상 생각하고 있으면 그것이 그대로 '틀'로 굳어지는 것입니다.

이때, '○○가 되고 싶다!'는 사고 방식은 안 됩니다. 정확하게 말하자면 안 된다기보다 멀리 돌아서 가게 된다는 것을 유념하십시오. 그러면 아무리 많은 시간이 지나도 '되고 싶다'고 손가락만 물고 있는 '틀'밖에 되지 않기 때문입니다.

하물며, '막연히 이렇게 되고 싶은데'하는 생각법은 현실이 되기에 너무 약합니다. 이렇게 생각을 그리는 사람은 아무리 많은 시간이 지나도 의식의 파워를 실감하지 못합니다.

생각을 그리는 동안 '정말 그렇게 될 것 같다'는 느낌이 든다면, 그것이 바로 '틀'이 굳어지고 있다는 신호입니다. 우선은 이 의식의 틀이 확실히 굳어질 때까지 생각을 그려보십시오.

작은 행운 당장 만들기

의식의 틀이 아무리 단단하게 굳어지더라도 이것만으로는 현실이 되지 않습니다.

의식의 틀은 쿠키나 과자의 틀 같은 것이어서, 틀 모양대로 무엇인가를 만들려면 안에 들어갈 내용물이 필요합니다. 그것이 바로 '플러스 파워'입니다.

확실하게 굳어진 의식의 틀에 플러스 파워를 부어 넣으면, 생각하고 있는 것이 형태가 될 것입니다. 이 의식의 틀과 플러스 파워 중 어느 한쪽이라도 빠지게 되면 생각은 현실이 될 수 없습니다.

이 플러스 파워는 일상생활 속에서 간단히 만들 수 있습니다.

가장 기본적인 것은 자신의 마음을 언제나 플러스 상태로 유지하는 것입니다. 그것은 밝고 즐겁고 온화한 상태의 마음

으로 살아가는 것을 말하는데, 어느 정도 시간이 흐르다 보면
자신도 모르는 새 그렇게 굳어져가게 될 것입니다.

　친절하게 대한다.
　주변 사람들에게 온화한 마음으로 대한다.
　예의바르게 행동한다.
　작은 일에 초조해하지 않는다.
　눈앞의 일을 열심히 한다.
　불안하거나 우울한 마음을 갖지 않는다.
　언제나 설레는 마음으로 지낸다.
　웃는 얼굴로 지낸다.
　주변을 깨끗이 한다.

　간단하지요? 주위로부터 칭찬 들을 만한 거창한 일을 하는
것이 아니더라도, 각자의 환경에서 자신이 지금 할 수 있는 작
은 일로도 효과는 충분히 있습니다. 간단해 보이긴 하지만 아
주 어려울 때도 있습니다.
　이런 것에 주의하며 지내다 보면, 어느덧 마음속에 플러스
파워가 쌓여 작은 행운들이 자주 일어나게 됩니다.

예를 들면, 경품에 당첨된다.

전화하려고 생각했던 사람에게서 전화가 걸려온다.

만나고 싶어하던 사람과 우연히 마주친다.

다음 약속까지 빈 시간이 생겼을 때, "당신, 지금 시간 있어?" 하고 묻는 비슷한 처지의 사람에게서 전화가 온다

주차할 곳을 찾고 있는데 마침 앞차가 빠져나간다.

택시를 잡으려고 하는데 바로 앞에서 손님이 내린다.

시간을 때우려고 들어간 가게에서 오랫동안 찾던 것을 발견한다.

사려고 생각했던 물건을 선물로 받는다.

케이크가 먹고 싶다고 생각했는데 마침 손님이 선물로 들고 온다.

온천에 갈 계획을 세우고 있는데, 마침 텔레비전에서 온천 특집 프로그램을 한다.

텔레비전에서 본 가게에 가고 싶다고 생각하고 있는데, 약속 장소에 가보니 그 가게였다.

약속이 겹쳐져서 곤란해하고 있을 때, 상대편 쪽에서 변경하자는 연락이 온다.

이런 작은 일이라면 셀 수 없을 정도로 많이 일어납니다. 말

하자면 당신 나름대로 "마침 잘됐네", "타이밍이 너무 좋았어", "운이 너무 좋은걸" 하는 식의 일들을 꼽자면 말입니다.

앞에서 꼽은 이런 일들은 확실히 작은 일입니다. 따라서 이런 일을 똑같이 당하더라도 아주 기뻐하는 사람도 있을 수 있고, 시시하다고 생각하는 사람도 있을 수 있습니다.

그러나 이것은 가장 초급 단계입니다. 이런 일반적인 행운이 빈번하게 일어나게 되면 다음은 더 구체적인 것, '정말 대단한 타이밍이야' 하고 신기하게 느껴지는 일이 일어나기 시작합니다. 더 큰 행운, 말하자면 자신의 꿈을 실현하는 방법으로 직접 이어지는 좋은 운이 일어나는 것입니다. '이번에는 어떤 일이 일어날까?' 하고 그 다음을 생각하게 되면 아마도 가슴이 설레게 될 것입니다.

처음의 작은 변화를 느끼지 못하는 사람은 그 다음의 엄청난 변화가 일어나도 이를 깨닫지 못합니다. 또, 조금 운 좋은 일이 일어나기 시작했다고 해서 방심하고 플러스 파워 쌓는 일을 그만둬 버리면 작은 행운으로 끝나 버릴 수 있음을 유념해 주십시오. 그러나 플러스 파워 효과를 실감해본 대부분의 사람들이 재미있고 신기해하면서 점점 더 하고 싶어진다고 하더군요.

진짜 희망사항은
왜 안 이뤄질까

플러스 파워를 쌓으면 운 좋은 일이 얼마든지 일어난다는 이치를 깨닫고는 그 재미에 푹 빠져 지냈던 시기가 있습니다. 경험 속에서 그 요령을 파악해 가면서, 플러스 파워를 쌓는 데도 점점 더 진지해졌지요.

작은 행운은 그야말로 얼마든지 일어났고, 실험 삼아 생각했던 '중요하지 않은 일'은 거의 다 현실이 되었습니다. 하지만 '이것은 정말 꼭 이루어졌으면 좋겠다' 싶은 진짜 희망사항은 좀처럼 이루어지질 않았습니다.

'똑같이 원하는 것을 상상했는데 어째서 이것은 이뤄지지 않을까? 대체 뭐가 다른 걸까?'

그런데 뜻밖에 그 원인을 알 수 있는 계기가 생겼습니다. 작년 가을 어느 날 프로골퍼 마루야마 시게키 선수를 만나게 된 것입니다.

우리 가족은 모두 마루야마 선수의 열렬한 팬이었는데, 그가 유명세를 타기 전부터 응원했습니다. 그의 타고난 애교와 유머 때문에 좋아하기도 했지만, 제 동생이 중학교 시절의 마루야마 선수와 닮아 친근감이 들었기 때문입니다. 지금은 동생도 나이가 들어 예전에 비해 덜 닮았지만, 당시에는 골프장에 있으면 "너무 닮았다"면서 일부러 다가와 말을 거는 사람이 있을 정도였습니다. 그 때문인지 우리 가족은 그를 가족처럼 응원했습니다.

어머니와 저는 "언젠가 그를 만나 '우리 아들이 당신과 똑같이 생겼어요'라고 말할 날이 분명히 올 거야"라는 말을 주고받기도 했습니다. 저도 "언젠가 분명 마루야마 선수를 만날 거야"하고 제 멋대로 믿고 있었습니다.

세월이 흘러 그런 일들을 까맣게 잊고 지내던 작년 가을, 어머니는 시내 어느 곳에서 정말로 마루야마 선수를 만나게 되었습니다. 마침 주위에 아무도 없어서 가까이 가 이런저런 이야기를 나누던 끝에 "우리 아들이 당신과 꼭 닮았어요"라는 말을 건네고 헤어졌다고 합니다.

아무런 관계도 없던 사람이니 마루야마 선수와 만날 확률은 거의 없었다고 할 수 있습니다. 그러나 확률이 낮았을망정 그 일은 현실이 되었습니다. 그래서 그때 어떻게 해서 '마루야마 선수를 만나겠다'고 다짐했었는지를 떠올려보기 시작했습니다.

제게 있어 마루야마 선수를 만나는 일은, 만나지 못한다 해도 별 지장이 없는 일이어서 그다지 신경을 쓰지 않고 있었습니다. 그러니 '만나지 못하면 어떡하지' 하는 생각도 하지 않았지요. '이렇게 동생을 닮았으니 언젠가는 꼭 만나겠지' 하고 이상할 정도로 굳게 믿기만 했을 뿐입니다.

그런데 정말로 꼭 이루고 싶은 일이 있어 마음속으로 그릴 때는 '정말 그렇게 될까?', '이루어지지 않으면 어떡하지?' 하는 막연한 불안을 떠안게 됩니다. 자기 자신도 모르게 걱정을 하는 것이지요.

바로 이것이 큰 차이가 되어 돌아옵니다.

정말로 그렇게 되기를 바라는 일이 있다면, 조금이라도 불안감을 가져서는 안 됩니다. 바로 이 막연한 불안감이 다리를 잡고 있는 것입니다.

마음속으로 아주 조금이라도 '괜찮을까?' 하는 불안감이 있으면, 거기에서 생긴 의식의 틀에도 '괜찮을까?' 하는 불안감이 섞이게 됩니다. 똑같이 생각을 그리는 것이어도 사실은 전혀 똑같은 게 아니었던 것입니다.

큰 꿈을 쉽게 이루는 방법

그 후 저는 '불안감을 느끼지 않아도 되는 생각법'을 정리했습니다.

그것은 이루고 싶은 일의 그 다음 단계의 일을 하는 것입니다.

말하자면 '그 일이 이루어진다면, 다음은 어떤 식으로 발전해 갈까?'를 생각해 보고, 지금 할 수 있는 일이 있다면 먼저 움직이는 것입니다.

작년 초, 유학에서 돌아온 친구 A가 전직활동을 할 때의 일입니다. 당시 A는 "그 회사에 들어갈 거야" 하고 정해 놓고, 생각만 해도 가슴이 설레는 듯 만날 때마다 그 회사에서 일하고 있는 자신의 모습을 즐겁게 이야기했습니다.

사무실 안은 이런 느낌이고, 상사 중에는 이런 사람이 있고, 자신은 그래서 이런 느낌으로 일하고 있다는 식의 그의 이야기는 정말 아주 사실적이었습니다.

　게다가 자취 생활을 할 예정이었던 그녀는 그 회사와 가까운 쪽이 좋을 거라면서 회사가 있는 동네로 이사까지 했습니다. 이렇게 이사한 지 채 반년도 되지 않아 같은 층에 살고 있는 사람이 마침 그 회사 사원이라는 것을 알게 되었고, 어느새 친해진 그 사람에게서 여러 가지 정보를 얻어 결국 입사까지 하게 되었습니다.

　그녀가 생각했던 대로 실현될 때까지의 시간이 너무나 빨라서 저는 정말 놀랐습니다. A는 "원래 그럴 계획이었다"면서 환하게 웃더군요.

　A의 경우, '그 회사에 들어가겠다'라고 정하고 그 생각만 꾸준히 하다 보니, '여기서는 회사가 멀다'는 그 다음 단계의 일이 떠올랐고 바로 이사를 하게 된 것입니다.

　'한 단계 앞'이라는 것은 그 이루고 싶은 것을 실현할 자신이 없다면 생각할 수 없습니다. 정말 이루고 싶은 꿈이 '이미 현실이 되었다'는 전제가 되어 있어야만 가능한 것이기 때문입니다. 더욱이 그것을 행동으로 옮길 수 있었던 것은, 원하는 일이 이뤄지지 않으면 어쩌나 하는 걱정을 하지 않았기 때문입니다. 정말로 이뤄질지 말지를 불안하게 생각했다면 행동으로 옮길 수 없었을 겁니다.

사람이란 원래 그렇게 되는 것이 분명하게 정해져 있다고 생각하는 일에 대해서는 걱정을 하지 않습니다. 그러니 당신 자신이 이루고 싶은 일도 '현실이 되는 것이 당연하다'고 믿어보세요. 그러기 위해서 이루고 싶은 일의 한 단계 다음을 생각한다면, 일은 더욱 더 순조로워질 것입니다.

또한 한 단계 다음의 일을 생각하고 있다 보면, '한 단계 전인 지금의 꿈은 그렇게 어려운 것이 아니구나' 하고 느끼게 될 것입니다. 게다가 어려운 일이라고 생각하지 않으면 불안감이 생길 일도 없게 되지요.

잘되기를 바라는
일일수록 격정하지 마라

사람의 의식에는 파워가 있어서 마이너스 일을 강하게 생각하면 그것이 그대로 현실이 됩니다. 마음속의 영상을 현실로 만들고 싶다면, 마이너스 일도 현실이 될 수 있다는 사실에 주의하지 않으면 안 됩니다.

최근 들어 "마이너스 사고를 하면 좋지 않다"는 이야기가 항간에 넘쳐나고 있습니다. 하지만 이것을 정말로 실감하고 있는 사람은 그리 많지 않습니다.

특히 문득 느끼는 불안감이나 걱정 따위가 마이너스 파워라고 생각하는 사람은 거의 없는 것 같습니다. 누구라도 문득 걱정되는 일이 있거나 불안감이 없는 사람은 없으며, 정말 잘하고 싶은 일일수록 다음 일이 걱정되고 불안해지는 것은 당연하지 않은가라고 흔히들 생각합니다. 그러나 사실은 잘하고 싶은 일일수록 걱정을 해서는 안 됩니다. 사람은 즐거운 일을 생각할 때보다 불안감이 부풀 때 진지해지는 성향이 있기 때문에 그 이미지가 단단히 굳어지고 맙니다. 불안감이란 것은 원래 할 수 있는 일조차도 할 수 없게 만드는 아주 강한 마이너스 파워입니다.

저는 불안감과 걱정이 어느 정도의 마이너스 파워를 갖는가를 실험할 때, 곧잘 골프를 이용합니다. 골프는 정신적 컨디션이 많이 반영되는 운동으로 자신의 의식 하나로 결과가 바뀝니다.

조건이 나쁜 곳에서 쳐야 할 때에도 자신이 즐거운 기분이면 대부분 나이스 샷이지만, 반대로 아무리 좋은 위치에 있더라도 '아, 실패할 것 같아, 여기서 실수하면 망신일 텐데' 하는 생각을 조금이라도 하게 되면 대체로 잘 풀리지 않습니다.

실현될 확률이 높고 낮음에 관계없이 자신에게 불안감이 없으면 그만큼 잘된다는 말입니다. 가령 성공 가능성이 60퍼센트라 해도 불안감이 전혀 없으면 가능성이 90퍼센트일 때와 같은 결과가 나옵니다. 따라서 확률이 낮다고 걱정할 필요는 없습니다. 오히려 자신이 없어서 불안해하는 마음이 위험하다는 것을 유념하십시오.

때로 가능성은 이쪽 사람에게 있는데, 그렇지 않은 저쪽 사람이 잘되는 경우를 볼 때가 있습니다. 그것이 바로 저쪽 사람이 가진 의식의 파워입니다.

운동을 하는 한 순간에도 사람의 의식이 이렇게 큰 영향을 미치는데, 그 사람이 일상생활에서 늘 생각하고 있는 것은 말할 것도 없습니다.

모든 것은 파동을 내고 있습니다. 그 파동은 주위에 영향을 미칩니다. 불안이라는 마이너스 파동을 내면, 설령 잘되는 상황에 있더라도 그 파동이 전해져 잘되지 않을 수 있습니다.

그 파동을 만들고 있는 것이 바로 그 사람의 의식입니다. 한 순간이라도 불안감을 갖게 되면, 당신의 의식의 틀에 불안이라는 마이너스 파워가 들어가고 맙니다. 그러면 모처럼 플러스 파워를 쌓고 있더라도 플러스 마이너스 제로가 되어 버리게 됩니다. 마이너스 분만큼 감해진다는 말입니다.

잘하고 싶은 일일수록 걱정해서는 안 된다는 사실을 명심하시기 바랍니다.

모든 것은 상상 속에서 이루어진다

이루고 싶은 일을 마음속에 그릴 때, 불안감을 갖지 않으면 현실이 되는 속도가 점점 빨라지는 게 느껴질 것입니다. 이루고 싶은 일의 크기에 상관없이 정말 현실이 되니까요.

이 사실을 확신하게 되면 마음이 놓여 '앞일을 생각하면 불안해져 걱정이 되는' 일도 없어지게 됩니다. 게다가 '이루고 싶은 것을 생각한다, 일상생활 속에서 플러스 파워를 만든다, 현실로 일어난다'를 되풀이하면서 요령을 깨닫게 되면, 마음속으로 떠올리는 영상도 점점 사실적으로 바뀝니다. 그러면 현실이 되는 속도가 점점 더 빨라지게 되지요.

최근에는 마음속의 영상이 너무 사실적이어서 그것이 이미 현실로 일어난 것인지, 아직 자기 마음속의 상상인지 헷갈릴 때가 있습니다. 현실과 상상의 세계가 뒤섞이게 되는 것이지요.

내가 생각하고 있던 일이 일어나거나, 내가 생각하고 있던 말을 상대가 먼저 꺼내면 그제야 '아, 현실의 세계에서는 이제부터구나' 할 정도로 신기합니다. 이 정도까지 헷갈릴 정도라면 대부분의 일은 현실이 되어 있는 경우가 많습니다.

저는 런던에서 인테리어 공부를 했기 때문에, '언젠가 인테리어와 관계 있는 괜찮은 책을 만들고 싶다'는 생각을 해왔습니다.

이런 상상을 하고 있으면 즐거워져서 점점 그 다음을 생각하게 됩니다. 제가 좋아하는 사진을 찍기도 하고, 그림을 그리기도 하고, 원하던 대로 책이 나와서 헤헤 웃고 있는 모습을 상상하기도 하고 말이지요.

상상하는 일이 즐거워서 매일 그 생각을 하고 있었더니 마치 그런 제의가 들어온 듯한 착각이 들어서 디지털 카메라를 하나 샀습니다. '인테리어에 관계된 책이니 사진을 많이 찍어 편집하는 게 좋겠지, 지금 갖고 있는 카메라로는 어림없잖아' 하는 생각이 들었던 것입니다.

책의 전체적인 구성이며 레이아웃에 대해서 생각하고 있으면 즐거워져서 멋대로 정하고 거기에 맞는 사진도 찍기 시작했습니다. 급기야는 '지금 당장 그런 제의가 들어온다면, 너무 바빠서 곤란한데 말이야' 라는 생각까지 하고 있었습니다.

그렇게 8개월쯤 지난 어느 날, 한 출판사에서 제가 구상하고 있던 것과 똑같은 인테리어 책의 원고를 의뢰해 왔습니다.

'어머? 의뢰는 이제 들어왔구나' 라고 생각을 하면서도, 마음속으로는 늘 생각해왔던 일이라 그다지 놀라지는 않았던 것 같습니다.

이럴 때 저는 '이런 일을 하고 싶다' 고 절대 말하지 않습니다. 그저 마음속으로 그리던 대로 자연스럽게 흐름이 찾아오면 기꺼이 그 흐름을 탈 뿐입니다.

되짚어 생각해 보면, 이런 느낌으로 잘될 때는 '내가 생각한 대로의 흐름이 반드시 올 것'이라고 굳게 믿고 있었던 것 같습니다. 또 이뤄질 것이라고 확신하고 있었기 때문에 놀라지도 않았을 것입니다.

꿈을 꿀 때는 타협하지 마라

저는 사람이 마음속으로 무엇인가를 생각하는 순간에 그곳으로 가는 길이 연결된다고 생각합니다. 제일 처음 생각한 것, 제일 처음 그린 영상이 가장 파워가 강하다는 말입니다.

일상적인 예를 들어보겠습니다. 얼마 전에 택시를 잡을 때의 일입니다. 처음에는 '사거리까지는 집에서 30분 정도 걸리니까 운동 삼아 걸어가자, 그리고 거기서 택시를 타자'라고 마음먹고 나갔습니다. 그러나 걷다 보니 너무 추워서 도중에라도 좋으니, 택시가 오면 얼른 타야겠다고 맘먹었습니다.

그런데 평소에는 택시가 많이 지나다니던 큰길인데 그날따라 한 대도 지나가지 않는 것이었습니다. 처음에 '거기서 타자'고 생각했던 사거리에 도착할 때까지 빈 택시는 한 대도 오지 않았습니다. 결국 '거기서 택시를 타야지' 생각했던, 처음

예정대로 된 것입니다. '집에서 나가자마자 택시를 타야겠다'고 처음부터 생각했더라면 추위에 떨지 않았을 수도 있었을까요?

　친척이 강습소를 열었을 때의 일입니다. 처음에는 회원이 10명 정도면 충분하다고 생각해서, 10인용 방을 얻었더니 9명이 왔습니다. 다음에는 조금 더 넓은 방을 얻었더니 마침 얻은 방에 딱 맞는 사람 수가 신청을 했습니다.

　또 회사에서 이벤트 기획을 담당하고 있는 제 친구가 이벤트장에 오는 손님들에게 줄 기념품을 준비하고 있었습니다. 예상 인원수는 100명 정도여서, 예비를 포함해 120개를 준비했더니 118명이 이벤트장을 찾았다고 합니다.

　1개월 후에 있었던 같은 이벤트에서는 좀더 많은 손님들이 왔으면 하는 마음에 130개를 준비했는데, 중간 제작처의 착오로 150개의 기념품이 나왔다고 합니다. 반품을 하지 못하고, 할 수 없이 150명의 손님을 받을 수 있도록 이벤트장을 준비했더니 146명이 왔다고 합니다.

　이렇게 자신이 준비한 만큼 현실이 됩니다. 그러므로 자신의 꿈을 그릴 때 타협할 필요는 없습니다. 타협하면 타협한 부분까지밖에 이루어지지 않습니다.

"사실은 이렇게 하고 싶지만, 뭐 이렇게 해도 되겠지" 생각하는 것보다 "이렇게 하고 싶은" 것을 솔직하게 그리는 편이 좋습니다. 당신이 진심으로 '그렇게' 되고 싶은 게 있고 그것에 대비한다면, 그것은 그대로 형태가 될 것입니다.

저도 최근에 '좀더 솔직하게 이루고 싶은 일을 그렸더라면 좋았을걸' 후회했던 일이 있습니다.

2, 3년 전부터 '언젠가 때가 오면 꼭 하고 싶다'고 생각해 오던 일이 있었습니다. 그런데 떠오르는 방법은 아무것도 없고 막연하기만 한데다 제게는 너무 큰일이라 꿈을 꾸는 게 좀 뻔뻔스럽다는 생각이 들어서, '뭐, 그게 무리라 해도 이 정도만 이루어지면 되겠지' 하고 첫 번째 희망에 준하는 조금 소극적인 생각을 하고 있었습니다.

사실 그것조차도 어떻게 생각하면 비웃음을 살 수 있는, 엉뚱하고 대담한 생각이었습니다. 너무나 현실성이 없는 일이어서 걱정 따위는 전혀 하지 않았고, 오히려 그 꿈과 어떻게 연결될지 흥미진진해하면서 가슴 설레했습니다.

그런데 얼마 전 정말 시원스러운 이야기가 찾아왔습니다. '오오! 또 다가왔어' 하고 소름이 끼쳤는데, 바로 '뭐, 이 정도라면 괜찮겠지' 하고 약간 소극적으로 생각한 대로였습니다.

소극적으로 생각한 쪽으로 결과가 나왔어도 충분히 큰일이어서 기뻤습니다. 하지만 '그때, 좀더 솔직하게 내 욕심대로 생각을 그렸더라면 분명 그렇게 됐을 텐데' 하는 생각에 못내 아쉬웠던 기억이 있습니다.

절대로 이것만은
이루겠다는 생각을 버려라

진심으로 원하는 일을 솔직하게 마음속으로 그린다는 것은, 진심으로 원하지 않는 일은 생각하지 않아도 된다는 말입니다.

다음은 한 지인에게서 들은 이야기입니다.

'무슨 일이 있든, 무엇을 희생하든 이것만큼은 꼭 이루고 싶어' 하고 강하게 생각하는 사람이 있었습니다. 그는 "그 꿈을 이루기 위해서라면, 나는 어떤 일을 당해도 좋다. 내 몸을 대신하더라도"라는 말을 여러 번 했었다고 합니다. 그 사람은 그만큼 생각이 강하다는 것을 말하고 싶었던 것이겠지요.

그리고 몇 년 지나 그 사람이 바라던 일은 잘 이루어졌습니다. 그때는 실현될 거라는 생각조차 할 수 없는 대단한 일이었는데도 말입니다.

그런데 갑작스러운 교통사고를 당하고 말았습니다. 다행히 회복은 되었지만 하마터면 반신불수가 될 뻔했습니다. 그가 심심찮게 내뱉었던 그대로 '자신의 몸을 대신해서라도'가 현실이 된 것입니다.

이 정도로 사람의 의식은 파워가 강합니다. 자신이 생각한 대로, 설정한 대로 원하는 바가 실현됩니다. 생각한다는 것은 자신의 의식을 담는 것입니다. 그러므로 곤란한 일은 생각해서는 안 될 것입니다.

이를테면 가족이나 지인 등 소중한 사람이 병이 나거나 사고를 당했을 때, '내가 대신 아프더라도 살았으면 좋겠다'는 생각을 쉽게 하게 됩니다. 하지만 생각대로 실현된다면 자신도 곤란하고 주위 사람들에게도 큰 걱정을 끼치게 될 것입니다.

이럴 때는, '대신 아프고 싶을 만큼 상대를 생각하고 있다'는 식으로 생각을 바꿔주면 그 사람도, 그리고 당신 자신도 좋아질 것입니다.

당신 자신이 진심으로 그렇게 되고 싶다고 생각하는 것을 아무런 부담 없이 솔직하게 그리십시오. 진심이라는 것은 그 사람이 생각하려고 애써서 생각하는 것이 아니라, 가슴속에서 저절로 생각하고 있는 것이므로 파워가 강력합니다. 그 진심이 주위를 불행하게 하지 않는 한, 아무리 큰일이어도 이루어진다는 말입니다.

말을 하라,
꿈이 현실이 된다

'언령言靈'이라는 것이 있습니다.

'말의 소리와 울림에는 하나하나 의미가 있어서 현실의 일을 움직이는 힘이 된다'는 것은 이미 꽤 많은 사람이 알고 있는 것 같습니다. 그런데 어디까지가 정말이라고 알고 있을까요?

사람의 의식이 이만큼 주변의 일에 영향을 준다고 하는 것은 사람이 하는 말 역시 영향력이 대단하다는 것을 뜻합니다. 말은 의식이 소리가 되어 나타난 것이기 때문이지요.

그래서 자신이 그렇게 되고 싶다고 생각하는 일은 말로 하는 게 좋습니다. 말로 하면, 이미 그렇게 될 계획이 있는 것처럼 생각되기 때문입니다. 그렇다고 항상 그런 말을 하고 다니게 되면 실제하는 현실이 아니기 때문에 거짓말을 하는 것이 되고 맙니다.

따라서 허풍을 치는 것이 아니라 그것에 관해 이야기를 할 때는 "언젠가 그렇게 될 거라고 생각하니까 잘 부탁해요!" 하는 뉘앙스로 이야기를 해야 합니다. 단, 생각을 그릴 때와 마찬가지로, "~라면 좋겠어"라는 단순한 희망으로는 의식의 틀이 굳어지기 힘드니 가능하면 확실하게 "그렇게 될 거야"라고 단언해야 합니다.

또 혼자일 때나 주위 사람들의 시선이 신경 쓰이지 않을 때에는, "~가 되었다"라고 과거형으로 말합니다. 이미 이루어진 후에 말하는 것처럼 말입니다. 저의 경우에는 혼자 있을 때 거울을 보면서 말하기도 하고, 차 안에서도 곧잘 소리 내어 말합니다.

말로 내뱉는 것은 파워입니다. 말하는 시점에서, 자신의 의식에도 주변 사람들의 의식에도 그 말은 입력되게 됩니다.

예를 들면 "~이 될 거야"라고 말했다면, 주위 사람에게도 "그 사람은 ~가 될 거래"로 입력되어, '누구는 ~가 된다'는 주위 사람들의 의식이 자신에게 모이게 됩니다. 사람의 의식은 현실을 움직이는 힘이 있어서, '~가 된다'는 의식이 자신에게 모이면 눈에 보이는 주위의 모든 것도 그것을 향해 흐르기 시작합니다. 사람의 의식에 색깔이 있다면 의식이 모이는 것이 또렷이 보일 텐데 말입니다.

의식이 모이는 한 가지 예를 들어보겠습니다.

가게 안에서 시끄럽게 울어대는 한 아이가 있다고 칩시다. 가게 안에 있는 많은 사람들이 '시끄럽다'고 생각하면서 바라보게 되면, 모두의 불쾌함이 그 아이에게 집중되므로 그 아이에게는 좋을 리가 없습니다. 주위에 폐를 끼치는 것은 자기 자신에게 주위의 기분 나쁜 의식과 기가 모이게 되어 결국 본인을 위해서도 좋지 않습니다.

또한 이루고 싶은 것을 말로 하게 되면 주위 사람들이 도움이 될 만한 정보를 가르쳐주기도 해서 그 소망을 이루는 데 도움이 되기도 합니다.

어떤 배우의 팬인 친구가, "그 사람을 한 번 만나고 싶어. 언젠가는 꼭, 절대로 꼭 만날 거야"라고 만날 때마다 이야기했습니다. 제가 지나가는 말로 주위 사람들에게 그 이야기를 한 적이 있습니다. 그것을 들은 한 사람이 다른 사람에게 이야기하고, 그 사람이 또 다른 사람에게 이야기를 했는데, 마침 그 말을 들은 사람이 배우의 친척이었다고 합니다. 그래서 만나는 일은 간단한 일이라면서, 자리를 주선해 주었다고 합니다.

자신이 소원하는 바를 소리 내어 말하다 보면, 자신도 주위도 그런 마음이 되어 정보도 모이게 된다는 단순한 예입니다. 또 항상 말로 하다 보면 자기 자신도 재확인하는 과정이 되겠지요.

　이루고 싶은 것을 말로 한다는 것은, 이런 눈에 보이는 측면에서의 파동이나 의식의 측면에서 모두 효과가 큰 방법이라 할 수 있습니다.

03

정신 레벨이 중급편이 되면 일어나는 일

정신 레벨이
내려간 것을 안다

한 사람의 주변에서 일어나는 일을 결정하는 것은 그 자신의 정신 레벨입니다. 정신 레벨이라는 것은 마음의 레벨, 의식의 레벨입니다. 플러스 파워를 모으면 정신 레벨이 올라가고, 정신 레벨이 올라가면 일상생활 속에서 운 좋은 일들이 많이 일어납니다.

그러나 앞에서 얘기했듯이 일상생활 속의 작은 행운이라는 것은 극히 시작에 불과합니다. 정신 레벨은 아무리 올려도 끝이 없어 위 아래가 한없이 펼쳐지기 때문입니다. "여기까지 올렸으니 이제 됐어, 끝!"이라는 것은 없다는 말입니다.

정신 레벨이 높은 사람은 무엇을 해도 순조롭습니다. 절묘한 타이밍으로 움직일 수 있는 운이 좋은 사람이지요. 모든 것이 그 사람의 정신 레벨, 양질의 파동으로 결정됩니다.

그러나 그것은 태어날 때부터 정해져 있는 것은 아닙니다. 누구라도 플러스 파워를 만들기만 하면 지금 이 순간에도 정신 레벨은 올라갑니다.

그렇게 되면 당장 내일부터라도 좋은 일만 일어나게 됩니다. 저는 "다음 날부터 정말 행운이 일어났다"라는 내용의 흥분 섞인 편지를 몇 통이나 받은 적이 있습니다.

그리고 어느 정도 후에는 생각을 짜내느라 애쓰지 않고 자연스럽게 움직이는데도 좋은 쪽으로 흘러가게 됩니다. 이것이 정신 레벨을 올린 후에 실감하는 것 중에서 가장 대단한 것이 아닐까 싶습니다.

한참 지난 후에 생각하면 자연스럽게 움직였던 것뿐인데, 실은 굉장히 타이밍이 좋았다는 것을 알게 됩니다. 주위 사람들이 보기에는 당신이 아무런 노력도 하지 않은 것처럼 보일 수도 있을 겁니다. 어쩌면 '운 좋은 사람은 처음부터 정해져 있다'라는 말까지 들을 수도 있습니다. 그러나 그것은 당신 자신도 모르는 사이에 플러스 파워를 쌓아 오고 있었던 결과일지 모릅니다.

어쨌든 시간의 타이밍이며 사람들과의 인연 등이 절묘한 밸런스로 준비되어 있기 때문에 일이 잘 풀리게끔 작전에 골머리를 썩거나 머리를 쥐어짤 필요는 없어지게 됩니다.

정신 레벨은 플러스 파워를 모아나가면 순간적으로 올라갑니다. 반면에 분노와 증오심, 불안감과 걱정 따위의 마이너스 파워를 느끼게 되면 다시 내려가기도 합니다.

레벨이 내려갔을 때 이것을 깨닫는다는 것은 여간 어려운 일이 아닙니다. 운 좋은 일이 계속되다 보면, 기쁘고 들떠서 약간의 마이너스 정도는 크게 느끼지 못합니다. 또 느낌이 있다손 쳐도 별 상관이 없을 거라고 간과하기 쉽습니다. 그러다가 어느 정도 비중이 있는 문제에서 좋지 않은 일이 일어나기 시작하고서야, 요즘 마이너스 되는 일이 많았다는 것을 깨닫습니다.

그런데 어느 정도 정신 레벨이 올라가게 되면 레벨이 내려갔을 때를 쉽게 알 수 있습니다. 자기 주변에서 일어나는 일에 항상 주의를 하고 있기 때문에 '내려가고 있다'라는 신호가 와 있다는 것을 금세 알아차리는 겁니다. 간단히 말하면, 그때까지 잘 나가던 타이밍이 미묘하게 엇나가기 시작했다는 것을 감지한다는 말입니다.

얼마 전, 애용하던 매니큐어가 떨어졌을 때의 일입니다. 새로 사다 둔 것도 없었습니다. 그날 밤 회식이 있어서 '얼른 사다가 발라야지' 생각만 하고 있었습니다. 그런데 선물을 사기 위해 들렀던 백화점에서 사은품으로 매니큐어 세트를 주는 게 아닙니까. 운이 좋았지요. 지금까지의 상황으로 보자면 '아, 잘됐다. 이번에도 운이 좋았군' 하고 생각해야 할 것입니다.

그런데 매니큐어가 제가 쓰지 않는 색이어서 다른 것으로 바꿀 수 없는지를 물었더니, 제가 원하는 색은 "바로 조금 전까지 있었는데, 앞 손님 차례에서 떨어졌습니다"라고 말하는 것이었습니다.

'어, 엇갈리고 있네' 하는 생각이 들었습니다. 평소대로라면 딱 그 색깔을 얻을 수 있었을 텐데 말입니다. 이렇게 지금까지는 '마침 잘됐다!' 하는 절묘한 타이밍이었는데, 몇 초, 몇 분의 엇갈림이 생기기 시작함으로써 정신 레벨이 내려가고 있다는 사실을 깨달은 것입니다.

이 시점에서 방치하게 되면 어긋나는 타이밍이 중복되어 '요즘에는 좋은 일이 하나도 안 생겨. 운이 없어'라고 생각하게 됩니다. 그렇게 되기 전에 다시 되돌려 둘 필요가 있습니다.

되돌려야겠다고 생각하면 그것은 이내 되돌아옵니다. 정신 레벨은 생각하는 순간에 올라가기도 하고 내려가기도 하기 때문입니다. 다시 타이밍이 맞기 시작한다면 그것은 원래대로 되돌아왔다는 신호입니다.

인간관계를 보면
정신 레벨 수준을 안다

한 사람의 주변 사람들도 그 사람의 정신 레벨에 어울리는 사람들이 모여든 것입니다. '유유상종'이라는 말이 있듯이 인간관계에서도 같은 파동을 갖는 사람(사물도 마찬가지입니다)이 서로 끌어당기는 것입니다.

다시 말하면, 정신 레벨을 차츰차츰 올리게 되면 교우 관계도 그만큼 넓어진다는 것입니다. '저이와 친구가 되고 싶다'고 생각한 사람과 어느 틈에 친구가 되어 있거나, 자신의 꿈을 성취하는 데 도움을 주는 사람을 만나기도 합니다. '정말 대단한 사람이야'라고 옆에서 지켜봤던 사람들도 저절로 만나게 됩니다.

이 '저절로'라는 말이 포인트입니다.

작위적으로 하지 않아도 흐름에 맡기기만 해도 만나게 되는 것입니다. 정신 레벨은 나이, 성별, 직업, 경제력 등 눈에 보이는 것과는 전혀 관계가 없습니다. 따라서 내가 나이가 많다고 해서, 여자가 아니어서, 의사가 아니어서 따위의 이유로 그 사람과 친구가 될 수 없을 거라고 미리 걱정할 필요는 없습니다.

부자나 사회적으로 성공한 사람들이 정신 레벨이 높은 사람이라고 착각하는 사람이 있습니다. 그러나 그렇지는 않습니다. 단지 정신 레벨이 높아지면 주변의 일이 잘 돌아가게 되므로, 결과적으로 그런 환경에 있게 된 사람이 많기는 합니다.

그러나 밖으로 보여지는 모습이 아무리 풍족하고 만족스러운 환경이어도 그 안에서 사는 자신이 불만과 트러블을 안고 산다면 행복할 수 없습니다. 각자의 생활환경에서 자신의 생활에 진심으로 만족하면서 즐겁게 사는 행복한 사람, 바로 이 사람이 정신 레벨이 높은 사람입니다.

또 새로운 사람을 우연히 만난다 하더라도 드라마 속 주인공들처럼 운명적으로 만나는 것은 아닙니다. 어느 순간 옆을 보니 그 사람이 도와주고 있었다, 처음 만났을 때는 이렇게 전개되리라고는 생각지도 못했다는 식으로 모두 자연스러운 흐름 속에서 일어납니다.

저는 사람의 정신 레벨은 아래 그림과 같은 나선 구조로 되

어 있다고 생각합니다. 나선처럼 빙글빙글 돌면서 위로 올라
가거나 아래로 내려가는 것입니다. 물론 앞에서 얘기했듯이
한번 올라갔다가 내려올 수도 있습니다.

사람의 만남은 이 각각의 나선 고리가 겹쳐질 때 일어납니
다. 나선 고리는 옆에 있는 것과 연결되기 때문에 정신 레벨이
다른 사람끼리는 절대 겹쳐지지 않습니다.

■ 정신 레벨의 나선 구조

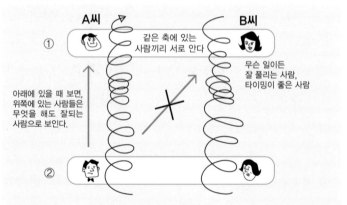

레벨의 상하는 과거의 자신과 비교한 것 – A씨가 ①에 있고, B씨가 ②에 있다면 서로
알지 못한다. 따라서 자기 주변에는 어울리는 사람이 있게 된다.

나선의 세로축에서는 같은 일이 일어납니다. 안 좋은 일도,
좋은 일도, 사람과의 만남도 세로축상에서는 같은 일이 되풀
이됩니다. 과거의 일과 비슷한 일이 일어나는 경우도 있습니

다. 자기 주변에서 일어나는 일을 써나가다 보면 자신의 나선이 한 바퀴 돌았다는 것을 알 수도 있습니다. 또 그것이 반드시 올라간다고는 할 수 없는데, 이는 트러블을 해결하는 방법 등을 관찰하고 있으면 간단히 알 수 있습니다.

같은 일이 일어나더라도 전보다 정신 레벨이 높아지게 되면 신속하게 정보가 들어와 빨리 해결되기도 하고 큰 문제가 되기 전에 막을 수도 있습니다. 그러므로 정신 레벨이 더 높아지면 같은 종류의 트러블은 일어나지 않게 됩니다.

만약 지난번과 똑같은 문제가 좀처럼 해결되지 않아서 불쾌감을 느꼈다면 자신의 정신 레벨이 같은 곳에서 빙빙 돌면서 정체되어 있다는 증거입니다.

최근 깨달은 것인데, 같은 세로축상에서는 만나는 사람들도 비슷한 경향이 있습니다. 성격이나 분위기, 사고방식이 비슷한 사람을 만나기 때문입니다. 그러나 아무리 비슷하더라도 나선의 위쪽에 있을 때 만난 사람은 아래쪽에 있을 때 만난 사람보다 확실히 레벨이 위인 사람입니다. 그 사람과 자신과의 관계도 지난번 사람과는 다른 교제가 될 것입니다.

자신의 레벨이 업(up)되었다고 생각될 때 만난 사람이나, 좋은 관계의 사람뿐만 아니라 곤혹스럽게 했던 사람과 불쾌했던 사람들까지 포함해서 주위의 사람들을 써 나가다보면, "이 사람의 레벨 업 버전은 이 사람이구나"라고 말할 수 있을 정도로 누가 어떤 부류의 사람에 해당하는지를 알게 됩니다.

정신 레벨이 올라가게 되면, 자신과는 맞지 않는 사람이라거나 괜히 싫다고 느꼈던 사람들에게 더 이상 그런 감정들을 느끼지 않게 됩니다. 그러다 보니 자연스럽게 트러블도 잦아듭니다.

상대에게 화를 내는 것은 당신이 상대와 같은 레벨이라는 것을 뜻합니다. 당신이 레벨의 위쪽에 속한다면 아무것도 느끼지 않습니다. 철모르는 아이들이 하는 말에 정말로 화를 내는 어른이 없는 것과 마찬가집니다. 그야말로 아무것도 느끼지 않습니다. 그리고 그 사람의 좋은 면하고만 사귈 수 있게 됩니다.

예를 들어 같은 사무실에 마음에 들지 않는 사람이 있다고 칩시다. 그 사람과 근무하는 환경 자체를 바꿀 수는 없는 일입니다. 그러나 정신 레벨을 올리게 되면 그 사람의 싫은 면이 보이지 않게 되므로, 같은 사람이지만 불쾌감을 갖지 않을 수 있습니다.

대기업에 근무하는 한 친구가, "상사 중에 평판 나쁜 사람이 있는데 동료들이 모두 싫어해. 하지만 나는 그렇게 나쁜 사람이라고는 생각하지 않아. 사실 그렇게까지 나쁘게 말할 게 있나 싶어" 하는 이야기를 했습니다. 이것은 그 상사가 그녀를 잘 챙겨주기 때문이라거나 그녀가 둔해서 깨닫지 못하는 것이 아닙니다. 단지 그녀는 그 상사의 좋은 면하고만 사귀고 있는 것입니다. 그녀 앞에서는 그 상사의 나쁜 면이 나오지 않아도 되는 것이지요.

실제로 당신이 상대방보다 정신 레벨이 높으면 저쪽에서 자연스럽게 당신에게 맞는 행동을 해주게 됩니다. 입장을 바꿔서 생각해 보면 쉽게 이해할 수 있을 것입니다. 당신보다 훨씬 더 근사한 사람이라고 생각되는 사람과 만나게 되면 저절로 조심스러워지고 정중해지며 밝고 상냥한 태도가 되지 않습니까?

정신 레벨이 높아지게 되면, 예전에는 마음에 들지 않았던 사람의 언동에도 기분이 좌우되는 일이 없습니다. 요컨대, '맞지 않는 사람과는 인연이 끊긴다'는 의미는 만나지 않게 된다는 의미뿐만 아니라 정신적으로 인연이 끊긴다는 말도 포함됩니다. 밖으로 보여지는 관계가 지속되더라도 교제하는 방법이 달라지거나 마음에 들지 않는 면에 신경을 쓰지 않게 되므로, 그런 의미에서 피해를 보지 않게 된다는 의미지요.

망설이는 일의
해답이 보인다

정신 레벨을 올리게 되면 그때그때 자신이 필요로 하는 정보가 들어옵니다.

이것은 초급 단계에서도 일어납니다. 알고 싶다고 생각하고 있던 것을 우연히 텔레비전에서 보게 되기도 하고, 다른 사람이 가르쳐주기도 하며, 우연히 펼쳐져 있던 책에 실려 있기도 합니다. 이때의 정보라는 것은 직접 찾아보면 어렵지 않게 찾게 되는 대단치 않은 정도의 것입니다.

좀더 정신 레벨을 올리게 되면 자신의 인생에 영향을 끼칠 만큼 중대한 일로 망설일 때 정도의 문제에서 저절로 해답이 찾아오게 됩니다.

그 해답은 사람들과의 대화 속에서 나올 수도 있고, 책이나 잡지, 텔레비전을 통해 알게 될 수도 있습니다. 방법은 초급과 같습니다.

'어떻게든 답을 알고 싶다'고 애를 쓰지 않아도 해답은 저절로 찾아집니다. 반복해서 이야기하지만, '머리로 생각하지 않아도 저절로 그렇게 되는 것'이 정신 레벨을 올렸을 때의 가장 대단한 점입니다. 정신 레벨이 올라가면 올라갈수록 정보와 답은 점점 빨라집니다.

이럴 때 자신에게 들어오는 정보를 확실하게 잡기 위해서는 잠시 그곳을 떠나 머릿속을 비우십시오. 해답이 나오지 않을 때 뭔가를 결정할 필요는 없으니까요.

게다가 문제를 놓고 계속 고민하고 있다 보면 "어떡하지. 시간이 지나도 문제가 해결되지 않으면 어쩌지" 하는 식으로 결국 걱정을 하게 되기 때문입니다. "곧 답이 나올 테니 괜찮아" 하고 아예 잊고 있으면, '이것이 답'이라면서 퍼뜩 떠오르는 것이 반드시 찾아옵니다.

저는 이번에도 문제 해결방안을 놓고 잠깐 동안 떠나 있었더니, 경제계에서 크게 활약중인 한 대기업의 사장님한테서 연락이 왔습니다.

이런저런 이야기를 나누는 동안, 제가 글로 쓰고 싶은 테마에 관한 든든한 이야기를 해주셨습니다. 순간 '툭툭' 등을 밀

린 느낌이 들었습니다. '이거구나' 하는 뚜렷하고 명쾌한 감각
은 본인이 아니면 절대 모릅니다.

이런 일은 저에게 종종 있었습니다.

『당신은 절대 운이 좋다』를 쓰고 있을 때에도, 고작 스물네
살인 내가 인간의 마음과 의식에 대해 뭔가를 써도 괜찮을지
를 놓고 심각하게 망설이고 있었습니다.

그럴 즈음 도쿄에 가시는 어머니와 동행을 하게 되었는데,
도쿄의 한 호텔에서 만난 어머니의 지인이 갑자기 "모든 것은
물 흐르는 대로 맡겨두면 저절로 다 잘되는 거지요"라고 말씀
하시는 게 아니겠습니까. 바로 그것이 제가 쓰려고 했던 책의
테마였고, 그 후 몇 시간 동안에 걸쳐 그 책의 목차와 다름없
다고 할 정도의 이야기를 듣게 되었습니다.

그리고 마지막으로 "나이가 문제가 아닙니다. 많은 사람들
이 그것을 깨닫기 시작했어요. 이제 소리를 내보세요"라는 말
을 듣고서는 너무나 놀랐고, 그러면서도 확실하게 납득이 되
어 '아, 이것을 테마로 해도 괜찮겠구나' 하는 생각을 굳히게
되었습니다. 그분은 "오늘 이런 이야기를 하게 되리라고는 생
각도 못했는데……"라는 말을 하시더군요.

이처럼 당신의 마음을 울리기도 하고, 깜짝 놀랄 만한 것을

듣기도 하고 보기도 하면서 해답이 되는 정보가 반드시 찾아옵니다. '흐름이 와 있구나' 하는 감각을 느끼는 것입니다.

정보는 어떻게 들어올지 모릅니다.

지난달에 '어머, 이럴 수도 있구나'라고 감탄한 일이 있었습니다. 그때는 중요한 일을 두고 A씨와 B씨 중 누구를 선택하면 좋을지 몰라서 한참을 고민하고 있을 때였습니다.

마침 다른 볼일이 있어 스즈키 씨에게 전화를 하려고 수첩을 펼쳤는데, 실수로 다른 스즈키 씨에게 전화를 걸게 되었습니다. 실수로 통화를 하게 된 스즈키 씨와는 몇 년만의 조우였는데, 아주 죽이 잘 맞아서 모처럼 많은 이야기를 했습니다.

이야기 중에, 마치 제 상황을 알고 있다는 듯이 스즈키 씨가 A씨의 이야기를 시작했습니다. 스즈키 씨 본인은 자신의 근황을 알려주는 것이었을 뿐, 제가 A씨와 B씨 중에서 그렇게 망설이고 있다는 것은 전혀 모르고 있었습니다.

정말 놀라웠습니다. '정말 신기한 일'이라고 생각하면서 바로 결정을 내릴 수 있었지요.

물론 그 전화 한 통만으로 결정을 내렸던 것은 아닙니다. 그러나 정신 레벨을 올리고 있으면 갈등하고 있을 때 결정타가될 정보가 저절로 들어옵니다. 혹은 어렴풋이 '이걸로 할까'

라고 생각하고 있을 때, '그게 괜찮아' 하는 안심 재료가 모여 듭니다.

이런 일을 반복하여 겪다 보면, 주변의 일들 중에 의미 없는 것이 하나도 없다는 것을 진지하게 생각하게 됩니다. 스즈키 씨로부터 정보를 들을 수 있었던 것은 공교롭게도 번호를 잘 못 누른 덕분이었습니다. 우연히 잘못 걸었던 전화로, 그것도 몇 년만에 통화를 한 사람과의 대화에서 자신이 망설이던 일의 해답이 되는 정보를 얻을 수 있다고 한다면, 의미 없어 보이는 작은 일도 모두 의미가 있다고 말할 수 있지 않을까요.

정신 레벨이 낮을 때는 이것이 정보라는 것을 깨닫지 못합니다. 주위에 귀중한 정보가 많이 널려 있는데도 알아차리지 못하니 안타까울 뿐이지요.

하지만 정신 레벨을 올리기만 하면 필요할 때는 언제든 필요한 정보가 들어온다는 것을 알고 있기 때문에, 그 다음의 일에 대한 불안감이 사라집니다. 자연스럽게 찾아온 해답대로 해 나가면 잘 풀리는 것입니다. 그렇게 되면 이제 아주 재미있어집니다. 그리고 다음번에는 어떤 식으로 정보가 들어올까 하는 기대를 하게 됩니다.

여기서 한 가지 주의해야 할 것은 '자연스런 흐름'도 레벨의 높이에 맞춘 거라는 것입니다. 어디까지나 정신 레벨이 높은 상태에서의 자연스런 흐름이라면 괜찮습니다. 하지만 플러스 파워를 하나도 모으지 않는 사람에게는 가만히 있어도 잘 되는 자연스런 흐름이란 것은 찾아오지 않습니다.

따라서 정신 레벨을 높이는 노력을 할 때 자연스럽게 찾아오는 정보를 맞을 수 있습니다. 그리고 그 답은 이내 찾아오게 되므로 고민하는 시간이 적어집니다. 그렇게 되면 마이너스가 없어져 점점 더 정신 레벨은 높아집니다.

예지 능력이 생긴다

정신 레벨이 올라가면 앞으로 자신에게 일어날 일들을 예측할 수 있게 됩니다. 자신에게 필요한 일이 앞질러 귀에 들어오게 되는 것이지요. 더 나아가면 '예지'라고 할 수 있는 부분까지 감지할 수 있을 거라고 생각합니다.

이를테면 작년 가을에는 이상하게도 '건강에 신경 쓰자'는 류의 책이 선물로 많이 들어왔습니다. 주위로부터 추천을 받는 책도 그런 책이었고, 친구와의 대화 속에서도 건강 주스니 인슐린 다이어트니 혈당이니 하는 그런 것들이 자주 등장하였습니다.

오랜만에 만난 한 친구는 "얼마 전에 종합건강진단을 받았다"면서 건강의 소중함을 장황하게 설명하더니 헬스클럽에 데려가기도 했고, 아버지는 "젊은 사람들이 걸리는 병의 대부분이 식습관에서 비롯되니 신경 써라"라며 뜬금없는 말씀을 하시기도 했습니다.

"왜들 이러지?" 하며 의아해했는데, 얼마 후 감기에 걸리고 피부가 거칠어지는 등 몸이 안 좋아졌습니다. 원인은 불규칙한 생활과 운동 부족이었습니다.

앞에서 얘기했던 인테리어 책의 원고를 써달라는 의뢰가 들어왔을 때에도, 돌이켜보면 그 즈음에 인테리어와 관계된 이야기들이 많이 모여들었습니다.

자기 집을 개조하다 생긴 흥미 때문에 인테리어 디자이너가 되었다는 사람의 인터뷰를 텔레비전에서 보기도 했고, 친구 집에 초대받아 갔더니 흉내 내고 싶을 만큼 인테리어가 너무나 멋져서 한참을 부러워도 했고, 창고를 정리하다가 옛날에 사다둔 인테리어 양서를 한꺼번에 발견하기도 하는 등, 관계된 일이 거듭되었던 것입니다.

'이런 이야기가 모여드는 것은 인테리어와 관계 있는 이야기가 들어오려는 게 아닐까' 하는 생각이 들면서 마음속의 영상이 점점 선명해졌습니다. 그래서 그 다음에 찾아올 일들을 생각하며 사진을 찍기 시작했는데 정말 딱 알맞은 이야기가 찾아온 것입니다.

한 친구의 이야기입니다. 그녀의 집에 물건을 쌓아놓기만 해서 창고나 다름없어진, 사용하지 않는 방이 하나 있었습니다. 어느 날 문득 그 방을 정리하겠다고 나섰다는군요. 정리하는 김에 벽지까지 새로 바르고서는 '이제 손님이 오면 여기서 맞아야지' 했답니다. 그런데 갑자기 애인과 결혼을 서두르게 되어 시부모님을 초대하게 되었는데, 그 방을 사용하게 되었다는군요.

친구는 후에 "마치 시부모님을 모시기 위해서 청소를 한 것 같았어"라고 이야기하더군요.

이런 현상이 그것을 위해 준비를 하고 있었기 때문에 찾아온 것일까요? 아니면 '예지'일까요? 같은 이야기들이 귀에 들어오는 것은 뭔가 의미가 있는 것입니다. 그것을 하면 잘될지도 모르는 쪽의 정보든 앞으로 일어날 뭔가와 관계가 있을지도 모르는 정보든 틀림없이 의미가 있습니다. 어느 정도 시간이 흐르고 나면 '그런 이야기들이 모여들었던 게 이런 뜻이었구나' 하는 것을 알게 될 것입니다.

그러다 보면 자연스럽게 미래에 일어날 일을 미리 준비할 수 있게 됩니다.

예를 들어 인테리어 책의 원고를 써보지 않겠느냐는 제의가 들어왔을 때 얼른 제 생각을 이야기할 수 있었던 것처럼 말입니다. 미리 준비를 하고 있었기 때문에 당황하지 않고 빠르게 일을 진행시킬 수 있었던 것이지요.

의미 있는 직감이
떠오른다

정신 레벨이 올라가게 되면 직감이 뚜렷해집니다.

직감이라고 하면 대체로 '팍' 하고 번뜩 떠오르는 것으로 아는데, 제가 생각하는 직감은 '문득 떠오르는, 딱히 이유는 없지만 뭔가 마음이 쓰이는 느낌'입니다.

정신 레벨이 올라가게 되면 자신에게 일어나는 일에는 의미 없는 일이 하나도 없다는 것을 알게 되기 때문에, '이유는 없지만 뭔가 마음이 쓰이고 눈에 밟히는' 그런 일도 굉장한 정보라는 것을 알게 됩니다. 때문에 자신이 느끼는 것에 민감해지게 됩니다.

충동적으로 생각이 번뜩 떠오를 때가 있는데 그 생각을 떠올린 이유가 딱히 없을 때 그것이 직감입니다. 정신 레벨이 높은 사람들은 직감을 자연스럽고 빠르게 행동으로 옮깁니다.

직감이야말로 대단한 정보라고 생각하기 때문입니다.

이 '빨리'가 중요합니다. 정신 레벨이 올라가 있는 상태라면, "지금이 그때야" 하듯이 그 순간에 정보가 들어오므로 생각이 떠오른 그때 얼른 하지 않으면 의미가 없습니다. 그리고 효과도 확인할 수 없습니다.

사회적으로 크게 성공한 사람들의 행동력은 정말이지 놀랄 만합니다. '가는 날이 장날'이라는 속담처럼 여러분도 타이밍을 놓치지 마십시오. 바로 행동으로 옮기십시오.

예를 들면, 어떤 사람에게 전화를 해야겠다는 생각이 떠올랐다면 그때가 바로 상대와 전화할 수 있는 타이밍이기 때문에 생각이 난 것입니다. 상대가 집에 있거나 일이 바쁘지 않아 통화가 가능할 때인 것입니다. 시험 삼아 문득 생각이 난 '그때'를 일부러 비껴서 한참 있다가 전화를 걸어보십시오. "좀 전까지 계셨는데, 방금 나가셨습니다" 하는 경우가 있을 것입니다.

또, 별 이유 없이 '그곳에나 한번 가볼까' 하는 생각에 쉬엄쉬엄 가봤더니, "전부터 찾고 있는 사람을 만났다", "가는 도중에 보고 싶었던 사람을 우연히 만났다", "꼭 해야 할 일이 갑자기 생각나 볼일을 무사히 마쳤다"는 식의 일들이 일어나 그 생각이 떠오른 의미를 알게 됩니다.

어떤 일이든 자신에게 필요하기 때문에 생각이 떠오르는 것입니다. 머릿속에 떠오른 일 그 자체가 필요한 것이 아닐 수도 있지만 "오, 이거 재미있는걸" 하고 실감하게 될 일이 기다리고 있을 것입니다.

얼마 전에도, 시험삼아 해보고는 "오호!" 하고 감탄한 일이 있었습니다.

저는 그날 약속 장소에 너무 일찍 도착하여, 근처 백화점 매장에서 시간을 보내게 되었습니다. 그런데 자꾸만 어떤 곰 인형에 시선이 가는 겁니다. 머릿속에서는 "곰 인형을 지금 사면 괜스레 짐만 될 텐데" 하는 생각이 들기는 했지만 제 직감을 믿고는 인형을 사버렸습니다.

그리고 약속 장소에 나갔더니 상대방이 초등학생 딸을 데리고 나와 있었습니다. 두말할 것도 없이 그 곰 인형은 아주 좋은 선물이 되었습니다.

이런 작은 일에서도 일단 요령을 파악하고 나면 '오, 과연' 하고 생각하게 됩니다. 이유 없이 떠오르는 생각을 행동으로 옮기는 데는 어느 정도의 용기가 필요합니다. 아무 근거 없이 떠오른 것이니까요.

하지만 조금만 달리 생각해 보면, 근거 없이 떠오른 생각이기 때문에 대단하다고 볼 수도 있습니다. 아무런 의미가 없을 리 없습니다. 결코 손해 보지 않을 정보입니다.

바로 여기까지가 초급편이라 하겠습니다.

마이너스 직감도
소중하게 생각한다

이 정도의 직감을 자연스럽게 실감할 수 있는 중급편에 이르
게 되면 플러스 직감과 마찬가지로 마이너스 직감도 소중히
생각하는 요령을 터득해야 합니다.

'뭔가 신경이 쓰인다'는 말은 좋은 의미일 때도 있지만, 나
쁜 의미로 '이유는 없는데 뭔가 꺼림칙한' 느낌을 의미할 수
도 있습니다. '그것을 하고 싶다', '그곳에 가볼까' 하는 플러
스 직감은 자신이 적극적이고 시간이 있으면 이내 할 수 있습
니다. 그러나 나쁜 의미에서 '뭔가 신경이 쓰이는' 생각은 '괜
찮겠지', '신경성이겠지' 하며 무시하는 경우가 많습니다. 그
러나 이것은 무시할 수 없는 정보이며, 직감의 일종입니다.

누구에게나 한 번쯤 비슷한 경험이 있을 거라 생각합니다.
집을 나선 후 뭔가 불안한 마음에 다시 돌아가 보니 가스레인

지 위에서 물이 끓고 있었다거나, 미처 다리미를 끄지 않고 나섰다거나, 현관문이 열려져 있었다거나 하는 일 말이지요. 켜져 있는 다리미나 잠그지 않은 현관에 대해 뭔가가 자신에게 알려주고 있는 것입니다.

또는 뭔가 마음에 자꾸 걸렸는데 신경성이겠거니 무시했다가, 나중에야 '아! 그걸 잊어버리고 왔어!' 하고 깨달을 때가 있기도 하지요. '뭔가 찜찜해' 하는 느낌에 순순히 따르면 이런 일은 미리 막을 수 있습니다. 작은 일을 무심하게 흘려버리면, 더 큰일 앞에서 '역시, 나쁜 예감이 들더니'라고 후회하게 될 것입니다.

중요한 일을 간접적으로 깨닫게 해줄 때도 있습니다.

저는 디지털 카메라를 갖고 다니는데, 종종 잊고 나갈 때가 있습니다. 요전에도 집을 나선 후에야 잊고 왔다는 것을 알았는데, 그날은 왠지 꼭 가지고 가는 편이 낫겠다는 생각이 들더군요. 다시 집으로 돌아가서 찾았더니, 카메라 옆에 핸드폰이 놓여 있는 게 아닙니까. 그때 저의 직감은 카메라 때문이 아니라 핸드폰 때문에 집에 돌아가라고 재촉했던 것입니다.

'돌아가게 했다'는 표현을 쓰면 보이지 않는 무언가에 지배당하고 있는 듯한, 스스로 결정하는 것은 아무것도 없는 듯한 느낌이 듭니다. 하지만 자신의 본심을 느끼는 것에 있어서는 '왠지 모르게'라는 이유도 귀중한 정보가 됩니다.

간혹, 이것이 직감인지 내가 머릿속으로 생각하고 있는 것인지가 헷갈릴 때가 있습니다. 그래서 문득 생각난 것을 모두 해보고, 어느 때 그 느낌 그대로 되는지를 실험해 보았습니다. 그 결과, 그것을 떠올린 이유를 모를 때와 아무리 시간이 지나도 그 기분이 사라지지 않을 때의 느낌들이 거의 백 퍼센트 직감에 해당되었습니다.

자신의 마음이 자기 스스로에게 나쁜 것을 생각하게 할 리가 없습니다. 자신의 느낌에 자신감을 갖고, 그 느낌에 순순히 따르는 편이 좋습니다.

정말로 내키지 않는 일은 하지 않는다

진심으로 느끼는 것은 중요한 정보입니다. 따라서 진심으로 '싫은데' 혹은 '뭔가 느낌이 달라' 하는 것은 '하지 않는 편이 좋은' 정보입니다.

'이유는 없지만 왠지 하는 게 좋을 것 같은 느낌이 들어' 할 때 해보면 잘됩니다. 이 말은 곧 '이유는 없지만 왠지 내키지 않아' 일 때 하지 않는 편이 좋다는 것과 같습니다.

남에게 부탁 받은 일도 자신이 진심으로 하고 싶은지 어떤지를 판단하십시오.

이를테면 뭔지 모르지만 마음이 내키지 않는 일을 맡았다고 칩시다. 진심으로 내키지 않았던 일은 역시나 즐겁지 않으며, 시간이 지나도 그다지 기분이 달라질 것은 없습니다. 즐겁지 않다는 파동을 보내게 되면, 당연지사 그것은 상대방에게도 그대로 전해지게 됩니다. 한 부분에서 즐겁지 않다는 파동을 내게 되면 다른 부분에도 영향을 미치게 되어 있습니다. 결국 모두가 잘 풀리지 않게 됩니다.

결국 '뭔지 이유는 모르지만'이란 처음의 느낌이 옳았다는 것, '뭔지 모르게 마음이 내키지 않는 것'은 하지 않는 편이 좋다는 것을 알게 됩니다. 시험 삼아 해보더라도 잘되지 않는다는 것을 알게 될 것입니다.

이런 일을 자꾸 경험하게 된 뒤(정신 레벨이 올라간 상태)에는, 갈등 상황이 벌어지면 자신의 마음만으로 선택을 해도 괜찮겠다는 생각을 하게 됩니다.

이것은 아주 쉽습니다. 무슨 일이든 자신의 마음이 어떻게 느끼고 있는가를 판단하면 되는 문제니까요.

트러블을 레벨 업의 기회로 삼는다

자기 주위에서 일어나는 일에 대해 '왠지 모르게 그런 생각이 드는' 감각을 포함하여 아무리 작은 일이라도 정보라는 사실을 알고 나면, 얼핏 싫다고 생각되는 일에도 의미가 있고 플러스가 된다는 것을 깨닫게 됩니다.

어느 30대 후반의 샐러리맨이 보내온 편지가 있습니다.

"입사할 때부터 라이벌이 있었습니다. 작년 초, 큰 프로젝트에서 그 사람과 내가 메인이 되었죠. 그 일에서 그 사람이나 나나 비슷한 업적을 올렸는데, 그 사람만 승진이 되었습니다. 처음에는 너무나 화가 났습니다."

하지만 얼마 후에 자신의 정력을 60퍼센트밖에 쏟아내지 않았다는 것을 깨달았다고 합니다.

"이제야 겨우 눈을 뜬 기분입니다. 라이벌에게 추월을 당하면서 비로소 진지해진 모양입니다. 지금은 다른 부서에서 그 라이벌과 같은 위치에 있습니다. 그 사람 덕분이라 생각합니다."

정신 레벨이 올라가게 되면, "당시에는 싫었지만, 그 덕분에 이렇게 되었다"는 흐름을 확실히 알게 됩니다. 쓸모없는 일이란 하나도 없다는 것을 알게 되기 때문에 나쁜 일이 찾아온다는 감각은 없는 것입니다.

아무 상관도 없을 것 같은, 운이 나빴다고밖에 할 수 없는 돌발적인 일도 원인은 자신의 내부에 있습니다. 금전적으로 손해를 보거나 교통사고를 당하거나, 중요한 것을 잃거나, 병이 나거나, 이런 일 모두 자신에게 보내는 메시지입니다. 이런 일이 일어나면 시험 삼아 최근의 자신의 행동과 태도를 돌이켜보십시오. 반드시 짐작 가는 일이 있을 것입니다. 일이 너무 잘 풀리니까 들떠서 거만했다거나, 불평만 하고 다녔다거나, 뭔가를 남 탓으로 돌렸다거나 하는 일 말입니다. 그런 자신의 마이너스 파동이 운 나쁜 일을 불러일으킨 것입니다.

그렇다고 해서 실망할 것도 없고, 화를 낼 것도 없습니다. '뭔가를 깨달으세요' 하는 고마운 정보니까요. '어째서 나만 이렇게 타이밍이 나쁜 거야?'라고 안달할 게 아니라, '이제라도 깨달아서 다행이다'라고 감사하십시오. 모두 플러스 파워니까요.

　이럴 때 만약 화를 내거나 퉁퉁거리게 되면, 이번에는 더 나쁜 일이 일어납니다. 자신의 마이너스 의식이 원인이라는 걸 모르는 한, 그것을 깨달을 때까지 몇 번이고 나쁜 일은 일어납니다. 그러나 이번에는 다른 부분(직장, 연애, 돈, 병)에서 일어나기 때문에, 지난번 일이 계속된다는 것을 깨닫기 힘들 것입니다. 깨닫지 못하기 때문에, '나쁜 일은 계속되는구나'라고 생각하는 것입니다.

　"지금이라도 알아서 다행이야. 알려줘서 고마워요"라고 감사하고, 문제를 한 가지씩 해결해 나가면 여기서 정신 레벨이 올라갑니다. 그러면 같은 일은 일어나지 않게 되며, 일어나도 전보다 좋은 형태로 해결됩니다.

　그리고 지금보다 더 나은 좋은 일과 좋은 흐름이 오게 되므로 레벨이 올라간 것을 확실하게 알 수 있지요.

　기억하십시오. 트러블이 일어났을 때는 레벨 업을 위한 좋은 기회입니다.

'나에게 일어나는 일은
모두 필요해서' 라고 믿는다

성공한 사람의 경험담을 읽어보면 심하게 고생한 시기가 있었 거나, 믿을 수 없는 비극을 경험했거나, 남모르는 핸디캡이 있 었거나 하는 일이 비일비재합니다. "남보다 열등하기 때문에 더 열심히 노력했다. 그때의 일이 있었기 때문에 지금의 성공 이 있다"라는 이야기도 빠지지 않습니다.

누구나 안전하게 사용할 수 있는 화장품과 동양인의 피부색 에 맞는 메이크업 용품을 연구하여 크게 성공한 메이크업 아 티스트가 있었습니다. 그가 화장품 연구를 처음 시작하게 된 계기는 자신의 극도로 민감한 피부 때문이었다고 합니다. 사 춘기 때부터 민감성 피부 때문에 안심하고 쓸 화장품이 없자, '내가 직접 만들어야지' 했던 것입니다.

이처럼 성공한 발명가들에게는 비슷한 경험담이 많습니다.

보통 사람들은 가지고 있지 않은 고민이 이런 경우에는 플러스로 작용한 것이지요.

「마츠시타 전기」의 창시자이자, 인간교육으로도 이름이 널리 알려진 마츠시타 고우노스케 선생은, "나의 성공은 어릴 때부터 병약했던 체질과 부족한 학벌 때문이었다"고 말했습니다. 병약한 몸 때문에 부하 직원들을 진심으로 믿으면서 일을 맡겼고, 학벌이 없었기 때문에 그들이 자신보다 현명하다고 믿으면서 회사를 경영했다는 것입니다. 이로써 그 부하 직원들은 더 많은 의욕을 갖게 되었던 것이지요.

언뜻 마이너스로 보이는 것이어도 의미가 없는 것은 없습니다. 모두 플러스 파워입니다. 그 사람의 성공을 위해 필요하기 때문에 생긴 것입니다. 그 시점에서 비굴해져서 '이제 틀렸어'라고 생각한다면 거기까지겠지요.

그렇다고 해서, 고생한 사람일수록 더 잘된다거나 고생을 해보지 않은 사람은 뭘 모른다고 생각해서는 안 됩니다. 똑같은 성공을 평범한 생활에서 할 수 있는 사람도 있으니까요.

요컨대, 사람에 따라 일어나는 일의 크기가 다른 것은 사람에 따라 깨닫는 법이 다르기 때문입니다. 밑바닥까지 떨어지고 나서야 비로소 깨닫는 사람도 있고, 일상생활에서 쉽게 깨달으면서 실행할 수 있는 사람도 있으니까요.

병조차도 그 사람의 의식이나 마음에 원인이 있다고 단언하는 의사들이 많습니다. "병은 마음에서 온다", "환자 스스로 낫고 싶다는 마음을 가지고 있지 않으면 병은 낫지 않는다"라고들 하지요. 모두 그 사람의 기가 일으키고 있다는 뜻입니다.

병의 원인이 환자 자신에게 있다는 말은 스스로 고칠 수 있다는 것을 의미합니다. '감기몸살로 몸져누웠을 때 내 안에 있는 원인을 곰곰이 생각했다. 그러는 동안 나 자신의 불손한 태도와 감사할 줄 모르는 마음, 그 몇 주간 내내 초조하게 지냈다는 사실들을 깨닫게 되었다. 그런 나 자신을 반성했더니 감기가 나았다'는 식의 실화는 많습니다.

현재 카스가대사[春日大社]에서 관사官司를 맡고 있는 하무로 요리아키 씨는 오사카 대학의 의대에 다니고 있을 때, 그 무렵에는 중병으로 인식되었던 폐결핵에 걸렸었다고 합니다. 제대로 걸어다닐 수도 없는 지경이 되어서 도쿄의 본가로 돌아가려고 야간열차를 탔을 때, 어떤 한 사람이 책 한 권을 건네주었다고 합니다.

「그것을 읽고 아연했습니다. 제가 그때까지 생각하던 것과는 전혀 다른 세계가 씌어 있었으니까요. 책을 읽고 있으니 감격스러워서 눈물이 멈추지 않았습니다. 그때, 제 마음에는 욕심이 없어져 버렸습니다. 죽음이라는 것이 눈앞에 닥쳐 있다고 생각하니 살고 싶다거나 의사가 되고 싶다는 욕망 같은 것들이 전부 사라져 버리더군요. 그야말로 무아지경이 되었지요.

도쿄까지 오는 동안, 울고 또 울면서 그 책을 다 읽었습니다. 도쿄 역에 도착하자, 쓰러져가던 제가 멀쩡하게 플랫폼에 서 있었어요. ……병이 나은 것이 아니라 없어진 겁니다. 그런 일이 의학적으로 가능하냐고 묻는 사람들이 많아요. 하지만 어쩝니까, 그렇게 일어나 버린 걸요.」(하무로 요리아키 지음, 『신도의 마음』중에서)

꽤 저명한 경영 컨설턴트였던 테라야마 신이치로 씨는 1948년에 신장암으로 앞으로 몇 개월 살지 못할 거라는 선고를 받았습니다. 치료를 해도 별 효과가 없어 중간에 퇴원을 하였고, 집에 누워서 죽음만 기다리는 절망적인 생활이 이어졌습니다.

어느 날 아침, 방으로 쏟아지는 따뜻한 햇살에 문득 아침해를 보고 싶다는 생각에 옥상으로 기어 올라갔고, 무심코 두 손을 모았습니다. 그로부터 매일매일 손을 모으는 동안, '오늘도 살았구나' 하는 기쁨으로 가득 차게 되었습니다.

신기하게도 그 무렵부터 테라야마 씨의 병은 조금씩 회복세를 보였다고 합니다. 게다가 사람들이 발산하는 기가 보이게 되고, 모든 생물은 생명의 큰 사이클 속에서 살고 있다는 것을 느끼게 되었다고 합니다. 이것들 모두 그의 병 덕분이라 할 수 있습니다.

같은 트러블이더라도 그것에 말려들어 불쾌해하는 사람이 있고, 그렇지 않은 사람이 있습니다. 어떤 사람이 트러블에 말려들어 불쾌해하며 뭔가를 느꼈다면 그것이 그에게는 필요했기 때문입니다. 그리고 트러블에 말려들지 않은 사람은 그것을 경험하지 않아도 되는 사람, 다시 말하면 그 레벨을 이미 졸업한 사람이라는 말입니다.

일어나는 일은 그 사람에게 베스트의 일입니다.

'나에게 일어나는 일은 모두 필요하다'는 말을 들을 때, 진심으로 순수하게 '정말 그렇구나'라고 생각됩니까?

저는, 이런 순수함을 가지고 있는가 없는가 하는 점이 잘되는 사람과 그렇지 못한 사람의 기로라고 생각합니다. '순수하게' 그렇게 생각하는 것이 파워로 이어진다는 것을 잊지 마십시오.

집착이 덜해진다

지금 당신이 생각하고 있는 '이렇게 되고 싶다', '저렇게 되고 싶다'는 것은 어디까지나 지금 시점, 지금 당신이 처해 있는 단계에서 원하는 것입니다.

　정신 레벨이 올라가게 되면 전에는 '절대로 그렇게 되어야 한다'고 생각했던 것도 그리 대단한 게 아니었다는 걸 깨닫게 됩니다. 레벨이 올라 저 위에서 내려다보니, 그렇게 연연했던 것이 의외로 사소한 일이라는 것을 알게 되는 것입니다. 레벨이 낮을 때의 트러블을 돌아보면서, '왜 그때 그 정도 일로 끙끙거렸을까?'라고 생각하는 것과 비슷하지요.

　물론 어느 레벨에서나 희망과 꿈은 있습니다. 하지만 정신 레벨이 올라가게 되면 필사적이지는 않게 됩니다. 그 일에 어울리는 레벨과 적절한 시기가 오면 저절로 그리 될 것이라는 절대적인 안심을 하게 되어 굳이 필사적이지 않게 되는 것입니다. 또한 이렇게 필사적인 생각에서 벗어나게 되면 정신 레벨 역시 올라가게 되고, 어느 순간이 되면 소원하던 것이 불쑥 이루어진 느낌이 들 것입니다.

탤런트 니시무라 토모미 씨에게 곧 아기가 태어날 거라고 합니다. 불임치료를 받던 기간에는 생기지 않았는데, 그냥 하늘의 뜻에 맡기자면서 병원 치료를 그만둔 얼마 후에 임신이 되었다고 합니다. '잊어버릴 즈음에 이루어진' 것이지요.

사실 가장 어려운 문제는, 대체 어느 정도까지 꼭 이렇게 되고 싶다고 생각해야 하는지, 또 어디서부터가 집착이 되는 건지 하는 것입니다.

누구나 자신의 가치관에 따라 행복의 기준을 두고 있으며, 자신도 모르는 사이에 굳어진 가치관은 좀처럼 변하지 않습니다. 그런데 정신 레벨이 올라가게 되면, '이렇게 하면 절대 행복하고, 저렇게 되면 행복해질 수 없다'는 것이 없다는 것을 자연스럽게 깨닫게 됩니다.

결국은 그 환경에서 그 사람이 어떤 의식을 갖는가에 모든 것이 달려 있다는 말입니다. 똑같은 일이 일어나더라도 엄청나게 분개하는 사람이 있는가 하면, 아예 화를 낼 만한 것으로도 취급하지 않는 사람도 있습니다. 매일매일 회사와 집만 오가는 생활이 다람쥐 쳇바퀴 도는 것과 매일반이라며 시시해하는 사람이 있는가 하면, 똑같은 상황에서도 몹시 즐겁게 사는 사람도 있습니다.

주식 투자로 꽤 많은 돈을 번 사람의 이야기를 들어보면, 그 레벨에 맞추어 뭔가 골치 아픈 일들이 있습니다. 우리의 문제와 질적으로 차이가 있을 뿐입니다. 하지만 힘들다고 느끼는 것은 그 사람이나 우리나 비슷합니다.

또한, 두 가지 중에 한쪽이 절대적으로 낫다고 생각했던 것도 사실 양쪽을 제대로 시험해 보지 않으면 정말 어느 쪽이 좋은지 알지 못합니다. 그러나 거의 대부분의 문제가 동시에 경험하는 것이 불가능하지요.

전직을 생각하고 있는 친구가 있었습니다. 그때 몸담고 있는 업계는 너무 바빠서 다른 업종으로 옮기고 싶어 했지요.

마침 이전에 그 업종에서 일을 했었다는 사람이 있어 물었더니, 첫마디가 "나는 전에 있던 곳이 너무 힘들어서 여기로 왔는데……" 하더랍니다.

또 다른 예로, 직장생활이 너무 힘들어 빨리 결혼해서 전업주부가 되고 싶다는 여성이 있었습니다. 결혼한 후 얼마 지나지 않아 만났더니, "주부가 이렇게 힘든 줄 몰랐어, 직장 다닐 때가 아예 더 편했어"라고 하더군요.

결국, 무엇을 하든 어디에 있든 그 환경에 처한 본인이 만족하면 행복입니다. 행복감은 처한 조건이 아니라 본인이 어떻게 마음을 먹느냐에 달려 있습니다. 다른 것과 비교하기 때문에 불행해지는 것입니다.

무슨 일이 일어나더라도 자신이 받아들이기 나름입니다. 그렇게 생각하면 '여기가 아니면 안 돼'라고 생각하는 일은 없어질 겁니다. 그렇다고 해서 무슨 일이 생기든 마찬가지니 아무렇게나 생각하라는 말은 아닙니다.

정신 레벨이 높은 사람에게 일어나는 일과 정신 레벨이 낮은 사람에게 일어나는 일은 명확하게 다릅니다. 단, 같은 정신 레벨에서 일어나는 일은 이것을 선택했기 때문에 불행하고 저것을 선택했기 때문에 행복하다고 할 정도로 차이가 나지는 않으니 걱정할 필요가 없습니다.

이게 아니면 안 된다는 마음이 없어지면, 지금까지는 좋지 않다고 생각하던 것의 반대쪽이 보이기 시작합니다. 그리고 지금까지 좋지 않다고 생각했던 것은 그것에 대해 자신이 잘 몰랐기 때문이라는 것을 깨닫게 됩니다. '어느 쪽이든 상관없어' 식으로 생각하면 집착이 깨끗이 없어집니다.

그리고 그렇게 생각하기 시작할 무렵이 되면 처음 예정했던 일이 이루어지기도 합니다. 그러나 이미 '이렇게 되어야 절대 좋다'고 생각하는 단계는 지났으므로, 처음의 바람이 이루어졌다는 것을 미처 깨닫지 못할 수도 있겠습니다.

맨 처음의 결정에
연연하지 않는다

처음에 결정한 일에 너무 연연하는 것도 집착으로 이어질 수 있습니다. 정신 레벨이 올라가 여러 가지 정보가 들어오면, '맨 처음의 결심과 꿈이 그리 큰 게 아니었다'는 것을 알 수 있습니다.

독자가 보낸 편지 중에 "~가 되고 싶다고 생각하고 매일 도전하고 있습니다. 그런데 몇 년째 잘되질 않는군요. 이럴 경우 처음에 세웠던 계획에 계속 연연하고 있는 것은 집착일까요?"라는 질문이 있었습니다.

포기하지 않고 꿈을 그리다 보면 현실이 되는 것은 사실입니다. 하지만 그 꿈을 향하고 있을 때 진심으로 즐거운지, 그것이 자신의 본심인지 아닌지를 아는 것이 더 중요합니다.

정신 레벨을 올리는 기본은 '설레는 마음'입니다. 따라서 그런 마음으로 계속 좇아간다면 언젠가는 현실이 됩니다. 스스로 점점 더 힘들어하는데도 계속 연연해한다거나 주변의 시선을 의식해서 뒤로 물러서지 못하는 거라면, 그것은 단순한 집착일지 모릅니다.

집착인지 아닌지는 자기 자신이 그 일을 할 때 두근두근 설레는가, 설레지 않는가를 보면 알 수 있습니다.

주변 모든 것에 감사한다

정신 레벨을 올리게 되면 작은 행운이나 신기한 일들이 절묘한 타이밍으로 일어나기 때문에, '일이 잘 풀려나가는 것은 나만의 힘이 아니구나'라는 것을 저절로 느끼게 됩니다.

여러 가지 일이 잘 풀려나갔던 것은 눈에 보이는 힘, 보이지 않는 힘, 타이밍이나 사람과의 인연 등, 여러 가지가 서로 맞물린 결과라는 것을 알게 되므로 주위의 모든 것에 감사하고 싶어질 것입니다. 진심으로 '정말 고맙다'고 생각하게 되는 것입니다. 그리고 감사하는 마음이 또 다시 정신 레벨을 올리는 길로 이어진다는 것을 깨닫게 됩니다.

제 경험으로 보면 기분 나쁜 일, 언짢은 일의 대부분은 감사하는 마음을 잊고 있을 때 일어납니다. 이를테면 일이 순조롭게 척척 진행되거나 이루고 싶은 꿈이 눈앞에 점점 가까워지면 그것이 당연한 것 같은 생각이 듭니다. 예전 같으면 생각만 해도 기분이 좋았을 일에도 익숙해져 무덤덤해지고, 전부 자신의 힘으로 한 것 같기도 합니다. 이런 식으로 감사하는 마음을 잊고 지내면 함정처럼 나쁜 일이 벌어집니다.

"좋은 일만 계속되었으니, 이번에는 나쁜 일이 생긴 거구나"라고 말하는 사람이 간혹 있습니다. 그러나 매 단계에서 감사하는 마음을 잊지 않으면 나쁜 일은 일어나지 않습니다. 함정처럼 좋지 않은 일이 일어난다면, 일이 잘 풀린다고 너무 들떠 있다는 경고입니다.

정신 레벨이 높은 사람은 어떤 일이 일어나든 자신의 레벨을 올려주기 위해 일어나며, 자신에게 플러스 되는 것밖에 찾아오지 않는다는 것을 알기 때문에 '잘됐구나'하고 진심으로 감사합니다.

자기 앞에 멋진 길이 열려 있다거나, 세계가 점점 넓어져가는 느낌이 들 때가 있습니다. 그리고 '나쁜 일이 생겼군' 하는 감각 자체가 없어져갑니다.

무슨 일이 일어났을 때, 그 자체가 플러스든 마이너스든 중립적인 상태로 받아들이게 되는 것입니다. 그것을 플러스로 취하면 플러스, 마이너스로 취하면 마이너스 쪽으로 흘러가므로, 좋은 일도 나쁜 일도 그저 흐름 중의 하나에 지나지 않는다고 생각하게 되는 겁니다.

실제로 자기가 어떻게 하느냐에 따라 어느 쪽으로든 바꿀 수 있게 됩니다. 또한 자신의 의식대로 모든 것이 움직이고, 플러스 흐름이 미리 계산되기라도 한 것처럼 저절로 자신에게 찾아오므로, 주변의 모든 일에 감사하게 됩니다.

04

날마다 정신 레벨을 업 시키는 방법

플러스 파워를 만들어 정신 레벨을 올리는 기본은, 자신의 마음이 즐거운 것과 그 일을 할 때 가슴이 설레는 것입니다. '즐겁다, 기쁘다'라고 생각하고 있으면 모든 일에 활발하게 임해지며 몸도 건강해집니다.

츠쿠바 대학의 명예교수 무라카미 카즈오 씨는 "숨겨진 유전자의 힘을 이끌어 내기 위해서는 눈에 보이지 않는 '위대한 무엇'인가가 필요하며, 그것을 좌우하는 것은 플러스 사고"라고 단언하고 있습니다. 두근두근 설레는 마음과 웃음이 몸에 미치는 영향도 유전자의 레벨에서 과학적으로 증명되고 있습니다.

설레는 마음으로 밝게 지내는 것은 그 한 순간만 즐거워지는 게 아닙니다. 자신이 진심으로 즐겁게 생활해 나간다면 매일의 생활 속에서 플러스 파워도 저절로 쌓여가게 되어 있습니다.

나와 관계없는 일에는 화내지 마라

플러스 파워를 모을 때는 바른 행동을 하는 것도 중요합니다. 그리고 일상생활의 소소한 일들에 초조해하는 것만 줄여도 큰 효과가 있습니다.

초조해하면서 두근두근 설레는 사람은 없을 겁니다. 마음이 초조해지면 그 비슷한 파동들이 모여들기 때문에, 되도록 그런 느낌을 피하는 것이 좋습니다.

그럼 어떻게 하면 화가 나지 않을까요? 우선, 저 나름대로 가지고 있는 방법을 소개하겠습니다.

저는 개인적으로 인생이 좌우될 만한 일이 아니면 초조해할 필요가 없다고 생각하는 사람입니다. 곰곰히 생각해 보십시오. 일상생활에서 초조함을 느끼는 일들의 대부분은 어떻게 되든 별로 상관없는 일들입니다.

영화표를 사려고 줄을 서 있을 때 앞사람이 꾸물거린다고 발을 동동 구른 적이 있을 겁니다. 하지만 생각해 보십시오. 그 사람이 잠시 앞에서 꾸물거린다고 해서 우리의 인생이 달라질 일은 없습니다.

실수로 툭 부딪쳤는데, 홱 돌아보면서 째려보는 사람이 있습니다. 그 사람이 일부러 부딪친 것도 아니고 우리가 다친 것도 아닙니다. 그렇다면 이 역시 과민반응할 필요가 없습니다.

전철 안에서 큰 소리로 떠드는 여고생들을 보며 짜증을 내는 사람들이 있습니다. 확실히 실례가 되는 상황이기는 합니다. 하지만 그들이 주고받는 대화를 가만히 듣고 있으면 제법 재미있을 때도 있습니다. "아, 너무 귀엽다"하는 얼굴로 바라보는 사람이 있고, 오만상을 찌푸리며 짜증을 내는 사람이 있다면, 그 후 전개될 두 사람의 생활은 전혀 다를 것입니다.

주위를 둘러보십시오. 아무렇게나 되어도 상관없는 일에 화를 내는 사람들이 너무 많습니다.

지하철 패스를 사기 위해 역창구에 긴 행렬이 늘어서 있었습니다. 그런데 중간에 새치기하는 사람이 있었나 봅니다.

"새치기하지 마."

"누가 새치기를 했다고 그래. 처음부터 여기 서 있었는데."

말싸움이 벌어졌습니다. 어느 쪽이 옳은지 모르는 일입니다.

오해받을 만하게 줄을 섰기 때문일 수도 있습니다. 설사 정말로 그 사람이 새치기를 했다고 해도 그리 큰일은 아닙니다.

기공의 세계에서는 '보는 듯한 보지 않는 듯한, 듣는 듯한 듣지 않는 듯한' 이라는 표현이 있습니다. 어떤 사람은 적당주의라고 말할지도 모릅니다. 하지만 기공의 세계에서 이 방법은 가장 좋은 생활법입니다.

매사에 과잉반응하고 초조해한다면, 그야말로 상대방에 휘둘려 자신의 생활이 좌지우지되고 말 겁니다. 초조한 상태에서는 자기 속의 마이너스 파워를 점점 더 만들어내므로, 하찮은 일로 큰 영향을 받게 됩니다.

화를 내지 않는 것이 멋진 일이어서가 아닙니다. 기껏 플러스 파워를 모아나가고 있는 참에, 하찮은 일 앞에서 안달복달하면 너무 아까운 게 아니겠습니까.

안달복달
인간관계에서 벗어나라

인간관계에서 안달복달하지 않는 것은 상당히 어렵습니다. 그러나 어려운 만큼 이것이 가능해지면 정신 레벨이 쑥 올라가는 것을 느낄 수 있습니다.

사람들 때문에 안달하거나 초조해하지 않기 위한 제 나름의 요령 첫 번째는, 상대가 하는 말을 그대로 받아들이는 것입니다.

예를 들면, 친한 친구에게서 한참 동안 연락이 없었다고 칩시다. 그리고 오랜만에 겨우 전화를 해서는 "바빠서 연락을 못했다"라고 합니다.

이때 "아무리 바빠도 그렇지, 전화 한 통 못 해?", "나를 진정한 친구라고 생각하지 않기 때문 아냐?" 이렇게 응수하는 사람도 있습니다. 하지만 친구는 정말 단순히 바쁘기만 했을 뿐 깊은 뜻은 전혀 없었을지 모릅니다.

몇 개월 전, 제 친구의 일입니다. T씨에게 메일로 어떤 일을 어렵게 부탁했는데 답장이 오지 않는다는 겁니다. 그리고는 "무슨 일일까? 답장이 없다는 것은 역시 무리라는 말이겠지?" 라면서 내내 걱정을 했습니다. 그런데 얼마 후 T씨에게서 연락이 왔는데, 메일을 확인하지 않아 이제야 친구의 메일을 봤다는 것이었습니다.

연락이 오지 않는다는 것은 저쪽에서 연락을 할 수 없는 상황이라는 겁니다. 이상하게 억측을 하면, 괜한 일로 초조하거나 불안해집니다. 상황을 그대로, 순수하게 받아들이면 막을 수 있는 일은 한두 가지가 아닙니다.

초조해하지 않기 위한 요령 두 번째는, 상대방에게 제 멋대로 기대를 하지 않는 것입니다.

우리 인간은 누구나, 자신과 마음이 맞는 사람이나 자신이 인정하는 사람이 자기와 같은 감각과 의견으로 행동해 주었으면 하는 마음을 갖습니다. '그는 분명히 이렇게 해줄 거야' 혹은 '그는 분명히 그렇게 생각할 거야'라는 식으로 말입니다. 그러고는 상상했던 대로 되지 않으면 크게 실망하기도 하고, 화를 내기도 합니다.

결국 당신이 예상한 대로 저쪽에서 반응하지 않으면 화만

날 뿐입니다. 물론 당신이 생각하는 것과 비슷한 반응이 돌아오면, 별 문제는 되지 않겠지요.

"당신에게 그렇게 친절히 대해 줬는데, 그 태도가 뭐야!"라고 화를 내는 사람이 있다고 칩시다.

이 사람은 상대방이 어떻게 해줬어야 만족했을까요? 이 사람이 친절을 베풀었던 이유는 상대방에게 감사를 받기 위해서였을까요? 이 사람이 베풀었던 친절이 상대방에게도 과연 친절이었을까요? 한번 생각해 볼 문제가 아닐 수 없습니다.

당신이 생각하고 있는 판단은, 어디까지나 당신의 판단에 지나지 않습니다. 따라서 당신의 과잉반응에 지나지 않을 수도 있습니다.

여기서 또 한 가지의 결론이 나옵니다. 당신의 인생에 아무런 가치도 없는 일을 놓고 신경질을 내고, 화를 내고, 펄펄 뛸 필요가 없다는 것입니다.

따라서 정신 레벨이 높은 사람들의 모임에 가보면 이러쿵저러쿵 불평을 하는 사람이 없습니다. 상대방의 말에 목청 높여 반박하는 사람도 없고, 다른 사람의 일을 놓고 억측하는 일도 없습니다. 대부분의 일은 그들의 생활에 별 지장이 없는 사소한 일이기 때문입니다.

"아, 행복해"를 습관화하라

제 어머니의 취미는 화초를 키우는 일입니다. 정원 한 구석에 있던 몇 개의 화분을 현관 옆 화단으로 옮겨놓으면서 말했답니다.

"지금까지는 햇빛을 자주 보지 못했는데, 이곳은 햇빛이 잘 드는 곳이니까 잘 자라거라."

며칠 후, 그 화분들은 몰라볼 정도로 무성해지고 진초록이 되었다고 합니다.

화초에게 말을 걸어주면 잘 자란다거나, 농작물에 음악을 들려주면 생장이 빠르다거나, 뱃속의 아이에게 말을 걸어주면 태교에 좋다는 말들을 들어보았을 겁니다. 이런 원리를 당신 자신에게 적용시켜보면 어떨까요? 당신이 좋은 말을 하면 행복해지고, 나쁜 말을 하면 불행해진다고 믿는 겁니다.

저는 저 자신에게 이 원리를 적용시키는 생활을 하고 있습니다. 그래서 가능한 한 좋은 말을 많이 하도록 노력합니다.

"아, 정말 기쁜 일이야!"

"너와 이렇게 얘기하는 게 참 즐겁구나."

"어머, 정말 잘됐다."

"난 정말 행복해."

"너무 고마워."

"난 정말 운이 좋아."

이런 말을 되도록 자주 하는 것입니다.

항상 이런 말을 입에 달고 다니다 보면 '의식의 틀'에 이 말이 들어가게 됩니다. "아, 행복해!"라고 항상 말하고 다니는 사람에게는 행복과 같은 파동을 가진 것들이 이끌려오는 것입니다.

조금 더 단순하게 생각해 봅시다.

"하루하루가 즐거워요"라고 말하는 사람과, "나는 뭘 해도 잘 되질 않아"라고 말하는 두 사람이 있다면 당신은 어느 쪽의 사람에게 다가서겠습니까? 당연히 '즐거운' 사람에게 다가갈 것입니다.

또, "난 정말 운이 좋아"라는 말을 자주 하는 사람과 "난 정말 운이 나빠"라는 말을 습관처럼 하는 사람이 있다면, 어느 쪽 사람에게 일을 부탁하겠습니까? 두말할 필요도 없이 전자의 사람일 것입니다.

다른 사람에게 하는 말도 마찬가지입니다. 플러스 되는 말을 해주면 그렇게 되는 것입니다.

저는 어릴 적에 저 스스로 그림을 못 그린다고 생각했습니다. 학교 미술 시간에도 공작은 즐거운데 그림 그리기는 고역이었고, 그림을 잘 그리는 친구들을 몹시 부러웠했습니다.

그런 제가 책을 내게 되면서, 본문의 일러스트와 표지 그림을 그리게 되었습니다.

"아사미 씨의 그림은 묘한 맛이 있어요."

"전문가들은 도저히 이런 그림을 못 그릴 거예요."

이런 말을 들으면서 저는 그림 그리는 게 즐거워졌습니다. 그림을 그리는 일이 즐겁고 신이 나다 보니 자꾸자꾸 그리게 되었고, 점점 더 많은 아이디어가 떠올랐습니다.

만약에 "역시 아마추어군"이라거나 "그림은 조금 서툴군요" 같은 말을 들었다면 어땠을까요? 애초에 그림에 자신 없어하던 저는 틀림없이 중도에 포기를 하고 말았을 겁니다.

원리는 단순합니다. 칭찬은 칭찬을 받는 사람에게 플러스로 작용하여, 그 사람이 점점 더 의욕적으로 일하게 한다는 것입니다.

대학 시절에 저는 학생을 가르치는 가정교사를 한 적이 있습니다.

"굉장하다. 아주 잘했어. 너는 이런 걸 잘하는구나."

이렇게 칭찬을 하면, 그 아이는 정말 그렇게 되었습니다. 계산문제를 자주 틀리는 아이에게, "너는 계산을 정말 못하는구나"라고 해버리면, "나는 원래 계산을 못하는 아이여서 어쩔 수 없어요" 하는 방향으로 흘러버릴 수 있습니다.

"정말 잘했어"라고 말해주는 것과, "너는 뭘 해도 안 되니"라고 말해주는 것 중에서 어느 쪽이 의욕을 북돋울까요?

언제나 주위 사람들(특히 어린이의 경우는 부모나 교사 등 주위에 있는 어른들)로부터 "뭘 해도 못한다"는 말을 들었던 아이는 '그래, 나는 뭘 해도 안 되는 아이야'라고 생각하게 됩니다. 못한다는 것을 당연하게 받아들여 버리는 겁니다. 늘 그렇게 생각하고 있으면, 그 생각은 그 사람의 의식의 틀에 들어가 버려 '뭘 해도 잘 안 되는 일'이 현실이 되고 맙니다.

따라서 늘 행복한 일이 생기기를 바란다면 항상 "아, 행복해"라고 말하면 됩니다. 그렇게 입버릇처럼 말하게 되면, 그런 말을 해서 행복하게 되었는지 그렇게 되어서 행복하다고 말을 하게 되었는지, 어느 쪽이 먼저인지 알 수 없어질 정도로 점점 기쁜 일만 생기게 됩니다.

마이너스가 되는 말은
절대 하지 마라

의식의 힘을 실감하고 좋은 일이 현실이 되는 것을 직접 경험
하고 나면, 나쁜 것을 말해도 그대로 현실이 되어버릴 가능성
이 높아진다는 것을 알게 됩니다. 플러스든 마이너스든 그 파
워가 강해지면 그렇게 되어 버리는 것입니다.

특히 아무런 생각 없이 하는 말은 플러스보다 마이너스 쪽
의 힘이 강합니다. 왜냐하면 인간은 플러스보다 마이너스 쪽
의 의식이 더 강하기 때문입니다. 애써 그렇게 생각하고 있는
플러스 의식보다 저절로 떠오르는 불안감과 걱정 쪽이 강하다
는 말입니다.

따라서 정말 그렇게 되면 곤란한 것은 농담이나 어떤 핑곗
거리로도 그렇게 말하지 말아야 합니다.

예를 들면, 뭔가를 거절해야 한다고 칩시다. 그때 "요즘 몸이

안 좋아서"라는 식으로 건강을 핑계 대면 진짜 그렇게 되어 버릴 수도 있으므로, 거절할 때는 사실대로 말하는 게 좋습니다.

시험 삼아 "감기에 걸려서 그 모임에 못 가면 어쩌지"라고 해보십시오. 정말 감기에 걸릴 수도 있습니다.

의식의 레벨이 강해지면, 내뱉은 말이 현실이 될 가능성이 높아집니다. 의식의 레벨이 초급 단계에서는 변명하느라 '감기에 걸려서'라고 했다면 감기에 걸리는 정도입니다. "감기로 열이 났어"라고 말하면 열이 나고, "감기에 걸렸는데 목만 아프다가 나았어"라고 하면 그대로 됩니다.

이런 힘을 알게 되면 자신이 곤란해질 수 있는 말은 삼가게 됩니다.

"너무 힘들어."

"사는 게 고통이야."

"모든 일이 시시해."

"아, 우울해."

"난 왜 이렇게 운이 나쁜지 모르겠어."

"난 정말 불행해."

이런 말은 절대로 하고 싶어지지 않을 것입니다.

당신이 말하는 대로 현실이 된다는 것은 모든 사람에게 해당됩니다. 의식하지 못하는 사람은 자신이 내뱉은 말이 그렇게까지 큰 영향을 주리라고는 생각지도 못합니다.

"나는 꼭 결정적인 순간에 방해꾼이 생겨"라는 말을 했던 사람은 정말 방해꾼이 들어오면 "거봐, 내가 뭐랬어"라고 말합니다. 자신이 그렇게 말했기 때문에 그렇게 되었다는 사실은 알지 못하고 말이지요.

언령言靈의 힘을 잘 아는 사람들은 마이너스가 되는 말은 하지 말아야 한다는 것을 기본 상식으로 알고 지극히 주의하고 조심합니다. 무심결에 그런 말이 입 밖으로 튀어나오면 "이 말 취소야"라고 없었던 것으로 할 정도입니다.

한편으로 생각하면 섬뜩한 것도 사실이지만, 좋은 말만 하면 된다는 것이니 그리 어려운 것도 아닙니다.

불안감을
그대로 두지 마라

이제 불안감이나 우울한 마음을 계속 마음에 두면 아주 악영향이 된다는 것을 알게 되었습니다. 아마 당신은 마이너스 파워를 모아 둔 채로 뭔가를 하고 싶지 않을 겁니다.

아침에 어머니와 말다툼을 했다고 칩시다. 당신은 그 언짢은 마음을 오후까지 끌고 가서는 안 된다고 강하게 생각할 겁니다. 그러고는 가능한 한 빨리 어머니와 마음을 풀어야겠다고 생각합니다. 생활에서 확실한 마이너스로 작용할 것을 알기 때문입니다. 빨리 정신 레벨을 원래대로 돌리고 싶은 것이지요.

당신의 마음속에 불안감은 없는지, 우울한 기분은 없는지를 항상 주의해서 살피십시오.

원인은 딱히 모르지만 뭔가 우울하다거나 아무것도 하고 싶지 않다거나 할 때가 있습니다. 그러면 그 원인을 찾으십시오.

회사 일이 잘 풀리지 않아서라거나, 내일 세미나 발표가 걱정되어서라거나, 거래처의 상사가 마음에 안 들어서라거나, 여자친구에게 들은 말이 신경 쓰여서 등등, 틀림없이 '원인'이 있을 겁니다.

그 원인을 찾고 나면, 과감하게 마음을 정리하십시오.

"이렇게 계속 생각해도 해결되지 않는 일이야."

"우울해할 필요 없어. 아예 생각을 말자."

시원하게 떨쳐버리십시오.

불안감이나 우울한 마음 같은 마이너스 기분을 가지고 행동을 하거나 뭔가를 결정하면, 좋은 결과를 얻을 수 없습니다. 전혀 관계없는 일에서도, 마음속에 있는 불안감이 마이너스로 치닫게 할 테니까요.

'나는 우울할 때 이렇게 하면 기분이 풀린다'는 요령을 익혀두면 아주 좋습니다.

친구와 이런저런 수다를 떨다보면 기분이 좋아지는 사람이라면 친구를 만나십시오. 상황이 불가능하다면 수화기라도 드십시오.

신나는 음악을 들으면 기분이 좋아진다는 사람은 이어폰을

꽂으면 되고, 아로마향을 맡을 때 마음이 편안해진다는 사람은 그것을 찾으면 됩니다. 무엇이든 좋으니, 당신 나름의 방법을 찾아 두십시오.

여행 같은 큰 휴식을 찾을 때까지 방치하기보다는 약간 우울해졌을 때 자주자주 기분 전환을 해두는 편이 효과가 있습니다. 특히 다음 날, 중요한 일을 앞두고 있을 때는 맥없이 축 처진 마음이 되지 않도록 주의하십시오.

일시적으로 차분하게 마음을 달래기만 하는 휴식이 아니라, 마음속의 근심을 쌓아두지 않도록 하는 자기만의 요령이 효과가 크다는 것을 유념하십시오.

요컨대 불안감이나 걱정, 우울한 기분을 만들지 않도록 하십시오. 혹시라도 이미 그런 마이너스 기분이 생겨 버렸다면 그 원인을 찾아 바로 해소하십시오. 그래서 축 처진 기분을 그때그때 원상태로 되돌려놓으십시오.

기분 좋아지는
사람과 함께 하라

주위에 특히 운이 좋은 사람으로 생각되는 사람이 있습니까? 있다면 그 사람의 교우관계를 조심스럽게 관찰해 보십시오. 아마 그 사람의 주위에도 그와 비슷한 사람들이 있을 것입니다.

여러 사람들이 모이면 그 사람들이 가지고 있는 각각의 의식이 모여 더욱 기가 커지게 됩니다. 운 좋은 사람들끼리 모이면 그 의식이 점점 강해져서, 더 큰 운을 이끌어냅니다.

따라서 운 좋은 사람이 되고 싶다면 운 좋은 사람과 사귀면 되고, 정신 레벨을 높이고 싶다면 정신 레벨이 높은 사람과 사귀면 됩니다.

* 존경하는 사람

* 함께 있으면 마음이 밝아지는 사람

* 운 좋은 사람
* '이 사람처럼 되고 싶어'라고 생각되는 사람
* '정말 멋진 사람이야'라고 생각되는 사람

가능하면 이런 사람들과 함께 하십시오.

어떤 사람과 함께 있으면 '멋있다'는 감탄사가 절로 나고, 괜히 기분이 좋아지고, 의욕이 생긴다면 당신은 그 사람의 영향을 받고 있는 것입니다. 함께 있는 것만으로 그 사람의 좋은 파동과 기가 당신을 변화시키고 있었던 것입니다.

반대로, '이 사람은 뭔가 이상해'라는 기분을 느끼게 되는 사람과는 무리해서 함께 있지 마십시오. 자신의 본심에 정직해지십시오. 마음속으로 싫은 사람과 함께 있는데 좋은 영향을 받을 리가 없습니다.

의미가 없다고 생각될 때도
의미를 찾아라

당신 주변에서 일어나는 일 가운데 의미가 없는 것은 하나도 없습니다. 아무런 의미가 없는 것처럼 느껴지더라도 사실은 의미가 있을 테니, 그 의미를 찾는 습관을 들여보십시오.

약속시간까지 예정에 없던 여유가 생겼다고 칩시다. 빈 시간이 생긴 것에도 뭔가 의미가 있을 거라 생각하고 둘러보면, 일에 대한 아이디어가 될 만한 뭔가를 발견할 수도 있습니다.

외출했다가 괜히 헛수고했다 싶을 때에도 "나온 길에 거기나 들러볼까"하고 가보면 종종 의외의 것을 발견하기도 합니다.

나쁜 일이 일어났을 때는 더욱 그렇습니다.

그런 일은 두 번 다시 하지 말자고 반면교사(反面教師, 따르거나 되풀이해서는 안 되는 부정적인 본보기를 보임으로써 긍정적인 것을 한

층 더 분명케 하는 것)로 삼거나, 최근의 행동들에 그것을 야기 시킬 만한 일이 있었는지 곰곰이 생각해 봅니다.

처음에는 억지로라도 '이것으로도 의미는 있었어, 헛수고가 아냐'라고 생각하십시오. 시간이 흐를수록 점점 '정말 의미 없는 것은 없다'는 것을 알게 될 것입니다.

일이 순조로웠던 때의
감각을 기억하라

직감과 정보가 찾아왔을 때 '이것이 정말 정보일까?'라고 의
문이 들 때가 있습니다. '뭔가 그런 것 같다'는 느낌도 정보이
고 직감이지만, 그것만으로 자신감을 갖기는 힘듭니다.

그러니 생각나는 대로 했더니 정말 잘되었던 때의 경험을,
그 상황을 잘 기억해 두는 것이 좋습니다. 그 생각이 떠올랐을
때의 상황과 기분, 느낌 등을 메모해 두는 것도 좋습니다. 그
렇게 하면, '내 경우는 이럴 때 떠오르는 게 직감이야'라는 걸
알게 됩니다.

제 경우는 기분 좋은 상태에서 아무 생각도 하지 않고 있을
때, 멍하니 쉬고 있을 때 문득 떠오르는 생각을 '그대로 해보
았더니 대체로 잘되었던' 편입니다. 그리고 '배가 아파올 때
나 귀가 약간 울릴 때 떠오르는 것이 직감'이라고 할 정도라면

확실히 알아두면 편리합니다. 그 정도는 아니더라도 자기 나름의 패턴을 가지고 있는 것이 좋습니다.

곤란한 일이 생겨서 주변의 플러스 파워를 모아 해결하고자 할 때에도 자신의 경우에는 무엇에 주의했을 때 가장 효과가 있었는지, 또 그것이 어떻게 해결됐는지, 어느 정도 시간이 걸렸는지 등을 기억해 두면 요령을 파악할 수 있습니다.

그렇다고 과민하게 주의할 필요는 없습니다. 요령만 파악하면 간단한 문제입니다.

자신의 정신 레벨 수준을 체크하라

주변에서 일어나는 일은 대개 자신의 정신 레벨에 맞는 것이 찾아옵니다. 따라서 자신의 레벨이 어느 정도인지를 체크할 수 있습니다.

제가 개인적으로 바로미터로 사용하는 것은, 밖에서 무심하게 만나는 사람들, 즉 식당에서 만나는 종업원이나 택시나 버스 기사들입니다. 이것은 정신 레벨의 수준이 초급이든 중급이든 상관없이 알기 쉬운 현상입니다.

처음에 저는 제 쪽에서 상냥하게 웃으면서 말을 걸면 상대방도 비슷한 태도가 될 거라고 생각했습니다. 하지만 그런 태도로 말을 걸어도 제 정신 레벨이 낮은 상태라면 상냥한 종업원이나 택시 기사를 만나지 못합니다.

신기하게도 제 마음이 정말 평온할 때, 아무런 고민 없이 눈앞의 일에 열심히 몰두하고 있을 때, "오늘 날씨가 참 좋지요?"라고 인사를 건네는 택시 기사를 만납니다.

레벨이 낮을 때에는, "어디까지 간다구요?"라고 퉁명스럽게 내뱉는 택시 기사를 만나기도 하고, 심한 경우에는 "거기는 차가 너무 많이 밀려서 안 돼요. 다른 차 타세요"라고 말하는 기사를 만날 때도 있습니다.

이것은 외모와는 전혀 상관없습니다. 깔끔한 정장 차림이든 체육복 차림이든 아무 상관이 없다는 말입니다. 그저 당신의 정신 레벨에 맞춰 저쪽에서 대응을 하는 겁니다.

예를 들어, 어느 레스토랑에 거만한 종업원과 공손한 종업원이 있다고 칩시다. 그곳에 정신 레벨이 낮은 사람과 높은 사람이 거의 동시에 손님으로 들어왔습니다. 자세히 살펴보면, 정신 레벨이 높은 사람은 자연스럽게 거만한 종업원을 피합니다. 트러블이 일어날 리 없습니다. 재미있을 정도입니다.

사람 많은 공공장소에 나갔다가 기분 나쁜 대우를 받았다면, '아, 오늘은 이런 대우를 받을 레벨이구나'하고 자신을 반성하십시오. 이것도 당신 자신에게는 의미가 있을 것입니다.

주위에서 일어나는 일로 이렇게 당신의 정신 레벨을 체크하고, 그 레벨이 내려가 있는 것을 알았다면 당장 원래대로 되돌리도록 하십시오.

　정신 레벨이 좀더 오르게 되면, 이런 일은 사소한 일로 받아들이게 됩니다. 설령 불쾌한 종업원을 만난다 해도 아무렇지 않습니다. 따라서 정신 레벨이 올라가면 실제로 언짢은 일을 겪는 횟수가 줄어들 뿐만 아니라, 예전 같으면 초조해했을 일에도 태연할 수 있습니다.

두근두근 설렘도
맘먹기에 달렸다

앞서 얘기했듯이, 마음을 항상 두근두근 설레는 상태로 만드는 것이 플러스 파워를 만드는 기본입니다. 하지만 항상 설레는 일을 만나기란 쉬운 일이 아닙니다. 그리고 지금 직장에서의 일이 두근두근 설레는 느낌을 주는 일도 아닐 뿐더러, 당장 사표를 던질 수도 없습니다.

이런 경우에는, 우선 지금 눈앞에 있는 일을 아주 열심히 해볼 것을 권하고 싶습니다. 그러면 반드시 길이 열립니다.

무슨 일이든 열심히 하다 보면 반드시 평가를 받게 되어 있습니다. 당신 자신이 윗사람이라고 생각해 보면 보다 잘 이해될 것입니다. 열심히 일하는 부하직원이 있다고 해보십시오. 중요한 일을 맡겨 보고 싶고, 진급을 시켜주고 싶지 않겠습니까?

눈앞의 일을 열심히 하는 것은 플러스 파워를 모으는 것입니다. 게다가 바로 눈앞의 이득뿐만 아니라, 언감생심 생각지도 못했던 상황으로 길을 터주기도 합니다.

훗날 시간이 흘러, "지금의 성공은 그것이 있었기 때문이고, 그것이 있었던 것은 그 사람을 만났기 때문이며, 그 사람을 만난 것은 그때 눈앞의 일을 열심히 했기 때문"이라고 말할 날이 있을 것입니다.

지금의 상황이 달라지기 전에는 가슴 설렐 일이 없을 거라고 단념하지 마십시오. 사람의 의식은 상황에 변화가 없더라도, 지금 이 순간부터 현실을 바꿔나갈 수 있는 힘을 가지고 있습니다.

오늘 하루만
열심히 하자

플러스 파워를 만들기 위해 뭐든 한 가지라도 신경 쓰자고 맘먹지만, 하루도 빠지지 않고 계속한다는 것은 그리 쉬운 일이 아닙니다.

다이어트를 생각해 보십시오. 계획을 세울 때는 간단할 것 같습니다. 하지만 막상 시작해 놓고 보면 일주일도 힘듭니다. 하루라도 계획이 어긋나는 날이면 '아, 몰라' 하고 포기하고 싶어집니다.

'계속한다'는 것은 분명히 의미가 있습니다. 설령 작심삼일에 멈추더라도, 아니 단 하루만이라도, 그것을 전혀 의식하지 않았던 때에 비하면 큰 차이가 있습니다. 따라서 큰 부담 없이 '오늘 못했으니 내일 하자'는 마음가짐으로 지내십시오. 그러면 크게 힘들지 않습니다. 게다가, 오늘 하루만이라면 조금 힘든 일이라도 해낼 수 있지 않을까요. 오늘 하루만 하면 되는 문제니까요. 이런 일의 반복이 당신도 모르는 사이에 플러스 파워를 모으는 것으로 이어집니다.

'계속하는 것'이 힘입니다. 큰 결심이 필요한 일이 아니더라도 '오늘 하루만 열심히 하자'가 쌓이면 결과적으로 '계속하는 힘'이 됩니다.

가족과의
원만한 관계에 힘써라

정신 레벨을 올린다고 하면, 거창하게 정신 수행을 해야 한다고 생각하거나 무슨 단체 수행을 해야 한다고 생각하는 사람들이 더러 있습니다.

속세와 동떨어진 특별한 그룹 속에서 같은 생각을 가진 사람들과 함께 가르침을 듣는 것은 간단한 일입니다. 그것은 일상생활이 아니라 그것을 위해 준비된 특수한 시간과 공간이기 때문입니다. 이런 자리에서는 뭔가 잘된다 하더라도 일시적으로만 그런 마음이 들 뿐, 집에 돌아오면 잊어버릴지 모릅니다.

일상생활에서 가능해야 의미가 있습니다. 속세에서 시험해 보고 자신의 생활에 그 영향이 미치지 않으면 의미가 없습니다. 효과를 알기 때문에 보람이 있고 즐거운 것입니다. 따라서 정신 레벨을 올리는 일은 자기 혼자 할 수 있습니다. 언제 어디서든 자신의 의식 하나로 바꿀 수 있습니다.

효과적으로 플러스 파워를 모을 수 있는 방법은 자신의 가까운 곳에 있습니다. 그것은 '가족과 원만하게 지내는 것'입니다.

'그렇게 쉽게?'라고 생각하는 사람도 있겠지만 그렇게 쉽지는 않습니다. 그러나 그 효과는 엄청나고 대단하답니다.

작은 일에 화내지 않고, 예의바르게 대하고, 마음을 너그럽게 쓰는 것은 남모르는 타인에게는 쉬운 법입니다. 오히려 함께 사는 가족에게 어렵습니다.

가족은 항상 곁에 있기 때문에 버릇없는 말도 쉽게 하고, 자기중심적인 말도 거침없이 하게 됩니다. 남들에게는 절대로 하지 않을 말도 서슴없이 해버리지요.

친한 사이일수록 예의를 차리라는 말이 있듯이, 아무리 친한 사이에도 해서는 안 될 말이 있고, 해서는 안 되는 행동이 있습니다. 가족이기 때문에 괜찮다고 넘기는 일이 많지만, 가족도 남들과 마찬가지로 상처를 입습니다. 오히려 가까운 사이이기 때문에 더 크게 상처를 입을 수도 있습니다.

자신과 가장 가까운 인간관계는 가족입니다. 그렇기 때문에 플러스 파워를 모으는 가장 좋은 방법은 가족과 원만한 관계를 유지하는 것입니다. 내가 가장 직접적으로 몸담고 있는 환경이 복잡하고 편안하지 않은데, 바깥생활의 타이밍이 어쩌고 정보가 어쩌고 해봐야 말짱 헛수고입니다.

지난달에 40대 후반의 한 독자에게서 편지를 받았습니다.

그분은 제 책을 읽은 후, 의식의 틀과 플러스 파워의 구조가 도저히 믿어지지 않아 실험을 해봤다고 합니다.

그래서 처음부터 잘될 가능성이 있는 것보다는, 그 시점에서 가장 어려울 것 같은 업무 관계의 일을 선택하여 잘되었을 경우의 영상을 구체적으로 머리에 그리기 시작했습니다.

동시에 플러스 파워를 쌓아야 했습니다. 몇 개씩은 무리라 생각하여 한 가지만 정했습니다. 그때 당장 생각난 것이 부모님에 대한 효도였습니다. 여행을 보내드리거나 하는 큰 것은 엄두를 내지 못했지만, 부모님께 안부 전화를 걸어 이야기를 들어드리거나 작은 선물을 해드리는 소소한 것에 신경을 썼습니다.

처음에는 형식적인 안부 인사 삼아 이야기를 했는데 시간이 흐르면서 세상 돌아가는 이야기까지 나누게 되어 즐거움도 커졌고, '따뜻해지면 함께 여행을 갈까' 하는 생각까지 하게 되었습니다.

부모님과의 관계에 신경을 쓰기 시작한 지 두 달쯤 지났을 때, 도저히 믿기지 않게도 직장의 일이 자신이 그렸던 영상대로 되었다고 합니다. 상식적으로는 도저히 있을 수 없는 일이었는데 말입니다.

　　운 좋은 사람이나 '나도 저 사람처럼 되고 싶다'고 생각되는 사람을 유심히 살펴보십시오. 십중팔구 그들은 가족 관계도 원만할 것입니다. 정신 레벨이 높은 사람은 대부분 가족 관계도 원만합니다. 속는 셈치고 당신도 가족관계에 신경을 한번 써보십시오.

　　"잘 잤니?", "잘 자", "고마워"라고 인사를 건네보십시오. 밖에서 겪었던 재미난 일을 얘기해 주거나, 멀리 떨어져 사는 가족이 있다면 전화를 걸어 안부를 물어보십시오. 뭐든 좋습니다. 아주 작은 일이라도 생각나는 대로 한번 해보십시오.

　　그런 행동들이 힘들 만큼 관계가 원만하지 않았었다면 가족의 뒷모습을 보며 마음속으로라도 "안녕", "고마워"라고 말을 걸어보십시오. 가족이 지방에 살고 있다면 마음속으로 생각이라도 하십시오. 사람의 의식은 시간과 공간을 뛰어넘습니다. 뭔가가 분명히 달라질 것입니다.

　　스스로 행복해질 수 있는 방법이 이렇게 가까이 있는데, 그것을 깨닫지 못하는 것은 너무 안타깝습니다. 오늘부터 당장 실행해 볼 것을 권합니다.

무조건 감사하라

우리는 일상생활에서 '감사합니다'라는 말을 아주 쉽게 사용합니다. 그런데 한 번쯤 그 말의 무게에 대해 생각해 본 적이 있나요?

"고맙습니다", "덕분입니다", "감사합니다"라는 말을 진심으로 이해하면서 말하는 사람이 대체 얼마나 될까요?

감사의 의미를 알면 알수록 모든 일은 저절로 잘됩니다. 무슨 일이 잘되어 갈 때, 자기 혼자만의 힘으로 이루어지는 것이란 없습니다.

눈에 보이는 사람의 힘과, 보이지 않는 곳에서 도와준 사람의 힘, 그리고 정말 눈에는 보이지 않는 힘, 이것들이 반드시 하나가 되어야 성립되는 것입니다. 눈에 보이는 것을 움직이는 것은 눈에는 보이지 않는 힘입니다.

감사를 하는 데 조건은 필요 없습니다.

좋은 일이 일어났을 때 감사하는 것은 당연합니다. 교통사고를 당했는데 하나도 다치지 않았을 때도 감사하는 것은 당연합니다.

누구나 목숨을 구해 주거나 생사에 관련된 일에서 구원을 받으면 눈물을 흘리며 감사합니다. 진심으로 '감사'하는 마음이 우러나면 눈물이 나기도 합니다.

큰일을 겪은 후에야 비로소 깨닫는 것이지만, 별일 없이 무사히 하루를 보내는 것도 엄연히 감사할 일입니다.

작년 가을, 운전을 하다가 아찔한 경험을 한 적이 있습니다.

저는 도로의 우측 차선을 달리고 있었습니다. 그날은 교통량이 많아 모든 차들이 다닥다닥 붙다시피 해서 120킬로미터의 속도로 달리고 있었습니다.

그러던 중 갑자기 제 차 앞에서 두 번째쯤 있는 차가 바로 옆을 향하였습니다. 뒤에서는 보일 리가 없는 그 차의 보닛이 보였던 것입니다. 그런데 '앗' 하는 사이, 그 차가 옆을 향한 채 주르륵 왼쪽까지 이동하는 것이 아니겠습니까. 브레이크를 밟을 틈도 없었습니다. 그 차는, 중앙과 좌측 차선을 달리고 있는 차들 사이를 마치 텔레비전 게임처럼 빠져나가, 왼쪽의 모래땅 둑에 부딪치고 멈추었습니다. 그 차는 펑크가 났었던 것입니다.

불과 2, 3초 동안의 일로 순간 무슨 일이 생겼는지 몰라 모두 어안이 벙벙했습니다. 그 좁은 틈은 맘먹고 가려고 해도 어려웠을 정도였습니다. 너무나 순식간에 일어난 사건이라 어떤 차도 브레이크를 밟지 못했는데 좁은 틈을 지나 좌측으로 이동해 준 것입니다. 한 대라도 브레이크를 밟았더라면 50중 연쇄 추돌 사고쯤은 되었을 겁니다.

펑크난 차도 부딪친 곳이 모래땅이어서 다행히 무사했습니다. 1미터만 더 갔더라도 가드레일에 부딪쳤을 상황이었습니다.

'아, 살았다'라고 생각한 순간, 새삼 '구원받았다'는 생각이 들었습니다. 그리고 절로 감사하는 마음이 생기더군요.

지금 돌이켜봐도 불가사의하다고밖에 할 수 없는 사건입니다. '신의 조화'라는 것이 바로 이런 게 아닐까 싶습니다. 눈에 보이지 않는 세계에서 보면 이런 일도 아주 작은 일에 지나지 않을지 모르지만 말입니다.

저는 몇 개월이 지난 지금까지도, 혼자 차를 운전할 때 소리내어 '아, 정말 그때 운이 좋았어. 너무 감사한 일이야'라고 중얼거릴 때가 있습니다.

아무 일도 일어나지 않았다는 것은 좋은 일도 일어나지 않았지만 나쁜 일도 일어나지 않았다는 말입니다. 아무 일도 일어나지 않은 게 당연한 것처럼 얘기하지만, 조금만 어긋났더라도 어떤 사고에 휩쓸릴 뻔한 순간을 무사히 피해왔다는 말입니다. 운이 좋았던 것이지요. 아무 일 없이 하루를 보냈다는 것은 사실 그것만으로도 "감사하다"라고 말할 수 있을 정도로 대단한 가치를 지닙니다.

평범한 일에도 한 발 앞서 감사하고 있으면, 감사하고 싶어지는 일이 자꾸 따라옵니다. '기쁘다', '즐겁다'고 생각하는 사람에게 즐거운 일이 계속 일어나는 것과 마찬가지입니다.

이루고 싶은 것을 마음속으로 그릴 때, 감사하고 있는 자신의 모습까지 그릴 수 있다면 정말로 반드시 이루어집니다. 시험 삼아 뭐든 좋으니 감사하는 마음을 가져보십시오. 지금의 당신에게 '고맙게' 생각되는 것을 억지로라도 찾아서 떠올려 보세요.

감사의 법칙은 '달걀이 먼저냐 닭이 먼저냐' 하는 얘기와 같습니다. 우선은 아무 일도 없는 매일에 감사합니다. 그러면 감사할 일들이 생깁니다. 이제 그 감사할 일이 생긴 것에 감사합니다.

이런 반복입니다. 어느 쪽이 먼저인가 생각하지 말고, 무조건 '감사하는' 것을 시작하십시오.

05

의식의 힘으로 세계 평화를 만들자

점을 믿는 당신

우리는 점, 성명학, 달력, 풍수, 방위, 통계학 등등의 보이지 않는 세계에 대해 어떻게 생각하느냐는 질문을 받을 때가 종종 있습니다. 그 사람이 태어난 별자리, 숫자와 달력에 나타난 그 사람의 성향, 그 해의 흐름 같은 것은 통계학으로, 확실히 존재한다고 생각합니다.

그러나 그것들에서 '×'라고 나왔다고 해서 반드시 '×'인 것은 아닙니다. '이렇게 될 것이다'라는 자신의 의지가 있으면 운명은 달라집니다. 그런 것들을 통해서는 어디까지나 경향을 아는 것뿐이므로, 알게 된 것에 감사하고 자신에게 플러스가 되도록 이용하면 됩니다.

"올해에는 건강에 주의하세요"라고 나오면 평소보다 주의를 기울이고, "사람들과의 트러블에 주의하세요"라고 나오면 평소보다 타인에게 세심한 배려를 하면 됩니다. 일찌감치 정보를 가르쳐준 것이라 생각하며 '알게 되어서 다행이야, 고맙습니다' 하며 조심하면 되는 것입니다.

보이지 않는 세계는 확실히 존재합니다. 그렇다고 해서 그 세계에 대해 꼭 알 필요는 없다고 생각합니다.

보이지 않는 세계에 심각하게 매달리는 사람도 있는데, 우리가 지금 살아가는 세계에서 정신 레벨을 올리고 있으면 그쪽 세계도 자연스레 순조로워집니다. 그것은 정신 레벨이 높은 사람은 이런 보이지 않는 세계의 일을 전혀 몰라도 저절로 그에 준하여 생활하고 있기 때문입니다.

예를 들면, 이번 달에는 새로운 일을 시작하는 게 좋지 않다고 할 때는 자연스럽게 그 달을 피해 시작하게 됩니다. 이쪽으로 가는 것은 좋지 않다고 할 때는 저절로 그 방향으로 가지 않게 됩니다.

결국 정신 레벨을 올리게 되면 무엇이든 시기 적절하게 정보가 찾아오므로 하지 않는 편이 좋다고 할 때는 하지 않게 됩니다. 반대로, 퍼뜩 생각이 떠올랐을 때는 여러 의미에서 좋을 때이므로 당장 행동하는 편이 좋다는 신호입니다. 그러므로 타이밍과 자연스런 흐름으로 좋은 일을 경험하게 되면 진심으로 '고맙구나' 하고 감사하면 되는 것입니다.

　보이지 않는 세계의 것을 너무 많이 알아서 신경성이 되기보다는 먼저 자신의 정신 레벨을 올리십시오. 그렇게 하면 보이지 않는 세계의 틀에 박힌 말도 저절로 지키면서 행동하게 될 것입니다.

　저는 개인적으로, 이 세상과 저 세상은 표리일체라고 생각합니다. 사실은 어느 쪽이 겉이고 어느 쪽이 안인지 모른다는 겁니다. 그러니까 그런 세계가 존재한다는 것을 인정한 다음, 정신 레벨을 올려두면 이쪽도 저쪽도 다 잘될 것입니다.

진정한 행복 만들기

우리는 종종 '진정한 행복이란 뭘까?'를 생각합니다.

행복해지기 위해, '이렇게 되고 싶다, 저렇게 되고 싶다' 하고 머릿속으로 고민합니다. 그러나 그렇게 되면 정말 행복해질지 어떨지는 아무도 모릅니다.

오랫동안 바라던 일이 겨우 현실이 되었는데 행복을 느끼지 못하는 사람도 있습니다. 물질적으로 아무리 큰 혜택을 받아도 만족하지 못하는 사람도 있습니다. 동시에 물질적으로 넉넉하지 않아도 진심으로 만족하며 행복해하는 사람도 있습니다.

행복의 조건은 주위에 내가 어떻게 보이는가가 아닙니다. 그곳에 서 있는 본인이 행복을 느끼고 있는가 아닌가 하는 것입니다.

정신 레벨을 올리는 데는 끝이 없습니다. '여기까지 알면 완

벽하다'는 것은 없습니다. 위에는 더 위의 세계가 끝없이 펼쳐지고 있습니다.

정신 레벨이 어느 정도 올라가게 되면 물질적인 것에는 점점 눈길을 두지 않게 됩니다. 행복은 물질만으로 채워지는 것이 아니라는 것을 깨닫게 되기 때문입니다. 그래서 '물질은 없는 것보다 있는 편이 좋을지도 모른다' 정도가 되기도 합니다.

이렇게 점점 정신 레벨이 오르게 되면 자신이 잘되는 것은 눈에 보이는 힘과 보이지 않는 힘 등 여러 가지의 힘이 더해져서라는 것을 알게 됩니다. 그리고 이제는 주위에 그 은혜를 갚고 싶어집니다.

처음에는 주변에 은혜를 갚는 형식이지만, 그것이 더 나아가게 되면 사회에 공헌하는 형식으로 옮겨집니다. 어떤 형태로 나아갈지는 모릅니다. 다만 반드시 지금까지의 '고마움'을 표현하고 싶어집니다.

제가 볼 때, 정신 레벨이 아주 높아 보이는 분이 이런 이야기를 해주신 적이 있습니다.

"행운이 거듭되어 사업이 잘되고 부유해지면, 처음에는 이런 것을 운이 좋다고 생각을 해요. 하지만 어느 정도 시간이 흐르면 그런 건 아무것도 아닌 생각을 하게 되지요. 진정한 행복을 느낄 수 있는 더 큰 것이 눈앞에 펼쳐져 있다는 것을 깨닫게 되기 때문이에요. 말하자면 사회에 공헌하는 일 같은 거요. 그런 일에 기쁨을 느끼기 시작하면 여러 가지 일이 점점 더 순조롭게 풀리게 돼요. 죽을 때 남길 만한 게 남기 시작하는 거지요."

보이지 않는 세계가
보내는 정보 알아차리기

최근 미국이 이라크에서 전쟁을 일으켰습니다. 아직까지도 그 전쟁의 여파로 많은 사람들이 고통을 받고 힘겨운 삶을 살고 있습니다.

동시대를 사는 사람으로서, 자기 한 사람의 꿈이나 희망을 찾는 것이 너무 이기적이라고 생각할지 모릅니다. 하지만 개개인이 행복을 느끼고, 생활에 만족하고, 감사하는 것이 세계 평화로 가는 첫걸음입니다.

이대로 가면 지구는 끝나 버릴지도 모릅니다.

인간이 앞으로 "좀더, 좀더" 이런 식으로 욕심을 내게 되면 그 앞에는 환경 파괴며 인구 폭발이며, 핵전쟁밖에 남지 않을 것입니다.

지금 이 시대의 편리와 행복을 위해 수많은 선인들이 노력

해왔습니다. 그런 노력들이 없었다면 이 시대의 발전은 없었을 것입니다. 과학이 전쟁을 일으키는 원인으로 작용했을지언정, 그 과학의 힘이 우리를 도와주고 있는 것 역시 사실입니다.

지금까지는 그래도 좋았습니다. 그런데 더 이상은 인간의 욕심에 따라갈 수가 없다고 하는 경고장들이 날아들고 있습니다.

아직까지도 명확한 원인이 밝혀지지 않고 있는 SARS(중증급성호흡기증후군)라는 전염병이 세계 도처를 넘나들고 있습니다. 지금 이 시기에 이런 역병이 퍼지는 것이 과연 우연일까요? 어떤 경우에도 우연은 없습니다.

에이즈가 등장했을 때도 "인류에 대한 경고"라고 외치는 사람들이 많았습니다. 인간의 욕심은 멈추지 않았고 그 경고를 깨닫지 못한 결과, 테러와 분쟁이 되풀이되고 천재지변이 일어나고 크고 작은 전쟁이 도처에서 벌어지고 있습니다.

이 와중에 이런 역병은 하늘의 메시지, 정보라고밖에 생각할 수 없습니다. 만족하지 못하고 "자꾸만 더"를 외치는 인간의 욕심의 파동이 전쟁이며 천재지변을 불러오고 있는 것입니다. 이것을 깨닫지 못하는 한, 깨달을 때까지 비참한 일은 되풀이될지 모릅니다.

세계 평화를
위해 내가 할 일

세계 평화를 위해 일개 개인이 할 수 있는 일은 무엇일까요?

그것은 자신의 정신 레벨을 올리는 일입니다.

정신 레벨을 올리는 사람이 많이 늘어나면, 세상의 소요와 전쟁, 나아가 천재지변까지 사라지게 할 수 있습니다. 당치않은 말이라고 말하는 사람도 있을 것입니다. 하지만 인간의 의식 말고는 더 이상 의지할 것이 없습니다.

다행히도 사람의 의식은 시간과 공간을 초월합니다. 지금 진심으로 '고맙다'고 생각하면 그 파동은 자기 주위, 나아가 세계와 지구에도 영향을 줍니다.

사람의 의식은 한 순간에 세계를 바꾸는 파워를 가지고 있습니다. 지금 당신이 감사하는 마음으로 가득해진다면, 그 의식은 공간을 뛰어넘어 어디론가 전해질 것입니다.

앞으로의 시대는 물질적으로는 '이제 충분하니, 그만 됐어요' 하는 시대입니다. 주위를 둘러보십시오. 많은 것을 가지고 있으면서도 불만인 사람들이 많습니다. 사람의 욕심은 한이 없다는 것을 알 수 있습니다.

세계 레벨에서 보아도 같은 말을 할 수 있습니다. 이미 충분히 가득 차 있는데도 물질욕과 지배욕이 항상 사람 주위를 떠나지 않습니다. 행복을 위해 믿고 돌진해서 그것을 손에 넣으면, 정말 행복해질까요? 그 뒤에는 알게 모르게 많은 희생이 뒤따릅니다. 그 모든 것은 인간의 '더 이렇게 되고 싶다'는 욕심에서 비롯됩니다.

주위에 있는 것을 순수하게 받아들이고 만족하는 행복을 깨닫지 못하는 한 같은 일이 계속 반복될 것입니다.

싫은 사람이 있을 때, 설령 거짓이더라도 마음속으로, '고마워요, 사실은 좋아해요'라고 해보십시오. 분명히 뭔가가 달라질 것입니다.

세계 레벨에서도 무슨 일인가 일어났을 때, 그것을 정말 해결하고자 생각한다면, 우선은 자기가 달라질 수밖에 없습니다. 동시에 우리 한 사람 한 사람이 감사의 마음을 보내면 자신이 어디에 서 있든 세계 평화에 참여할 수 있습니다.

한 사람의 정신 레벨이 올라가면 가족의 레벨이 올라갑니다. 자기 주위에 있는 사람들, 또 그 주위의 사람들, 이런 식으로 퍼져나가게 되면 모두의 정신 레벨이 올라가게 된다는 것을 유념하십시오.

'백 마리째 원숭이 현상'이
만드는 세계평화

'백 마리째 원숭이 현상'은 어떤 행위를 하는 개체의 수가 일정량에 도달하면 그 행동은 그 집단에만 국한되지 않고 공간을 넘어 확산되는 현상을 말합니다.

사건의 발단은, 1950년 일본 교토 대학 영장류 연구소의 연구원들이 미야자키 현의 고지마에 있는 일본 원숭이를 고구마로 길들이는 데서 시작되었습니다.

처음에 원숭이들은 손으로 흙을 털어내고 먹었습니다. 그런데 한 원숭이가 물에 씻어서 먹기 시작하면서부터 섬에 사는 원숭이들 모두가 고구마를 씻어 먹게 되었습니다.

그리고 고구마를 씻어 먹는 원숭이의 수가 어느 정도까지 늘어나자, 이번에는 멀리 떨어진 곳에 있는 오분 현에서도 고구마를 씻는 원숭이가 나타났습니다. 어떤 접촉이 없었고, 의

사소통도 할 수 없는 상황에서 정보가 흘러간 것입니다.

이것이 라이어 왓슨이 이름 붙인 '백 마리째 원숭이 현상'입니다. 여기서 '백 마리'라는 숫자는 임의로 붙인 수일 뿐이고, 어느 일정 수에 달하면 그때까지의 이상 속도로 퍼져간다는 것을 나타냅니다.

이 현상은 어떤 생각이 몇 퍼센트에 이르면 그 지역과 사회 전체로 퍼져간다는 내용으로 마케팅 이론에도 응용되고 있습니다.

정신 레벨을 올리는 사람이 어느 정도 모이면 그것이 '백 마리째 원숭이 현상'을 일으켜 아무 관계없는 세계 곳곳으로 번져나갈 것입니다. 어느 나라든 인구 중의 몇 분의 일에 해당하는 사람들이 정신 레벨을 올리면, 전 세계에 영향을 줄 수가 있습니다.

세계가 평화로워지는 것은 모든 세상 사람이 바라는 것이기 때문입니다. 가치관이나 문화가 크게 달라도 세계평화를 바라는 마음은 모두 똑같습니다. 세계분쟁까지 이끌었던 큰 종교도, 이제 갓 태어난 신흥종교도 행복해지기 위한 길을 설교하는 것은 같습니다.

그런데 왜 종교분쟁이 일어나는 걸까요?

종교 운운할 생각은 없지만, 한곳에 도달하기 위해 이것을 해서는 안 된다, 저것을 하면 벌을 받는다는 규칙은 그 나라의 문화를 반영하는 것이고, 그 나라이기 때문에 생겨난 규칙입니다. 따라서 다른 나라로 가면 바뀌게 됩니다.

따라서 자신이 믿는 것이 가장 옳다고 하는 생각은 우스운 것입니다. 도달하고자 하는 것이 같다면 도달하는 방법은 아무래도 상관없습니다.

앞으로는 세계와 지구가 진정으로 원하는 것이 잘되는 시대가 열릴 것입니다. 평화를 위하는 일과 사회와 사람을 기쁘게 하는 일이 저절로 파도를 타게 될 것입니다.

여러 번 얘기했지만, 자신의 행복을 생각하지 않고 주위를 위할 수는 없습니다. 그러나 결과적으로, 타인의 행복을 생각할 수 있다면 자기 자신의 행복이라 할 수 있는 꿈도 이루어져 가겠지요. 처음부터 자기 한 사람의 욕심을 채우기 위해서만 설정한 꿈과 희망은 아무리 강하게 마음속으로 그려도 현실이 되기 어렵다는 말입니다.

이 원리를 깨달으면 사람의 의식과 보이지 않는 세계, 자신의 주변뿐만 아니라 이 세상 모든 것의 현상이 점점 뚜렷하게 보이기 시작할 것입니다.

　우주의 법칙을 알기 위한 첫걸음은, 어쨌든 현실에 감사하는 것입니다.

드디어 '의식'의 시대가 되었다는 것을 실감합니다.
각계각층의 사람들이 의식혁명을 외치고 있다는 것은,
지금이 바로 의식이 필요한 시대임을 대변하는 것입니다.
앞으로 열릴 시대는 직감에 솔직해지고, 지금까지
상식이라고 믿었던 것들을 버리고 사는 것이
점점 중요해지리라 생각합니다.
그렇게 생활하기 위해 저도 하루하루 노력할 생각입니다.
눈에 보이는 힘과 보이지 않는 힘, 모든 것에 감사하며.

여러분이 오늘 하루 한 말 가운데 긍정적인 표현이 많았나요, 부정적인 표현이 많았나요.

혹시 "짜증나", "힘들어", "지겨워", "재수 없어", "우울해", "슬퍼" 이런 말을 많이 하지는 않았나요. 그럼 "즐거워", "기뻐", "신난다", "행복해" 이런 말은 많이 하셨나요.

말에도 혼이 있어, 말로 내뱉으면 그대로 현실이 된다고 합니다.

자, 주변을 보시겠습니까.

"짜증나", "힘들어 죽겠어" 이런 말을 입버릇처럼 하는 사람들을 자주 봅니다. 가만히 살펴보면 그 사람들은 항상 불만 가득한 얼굴로 찌푸려 있습니다. 옆에서 보기에도 하는 일들이 순조로워 보이지는 않습니다.

그런가 하면 항상 웃는 얼굴로 "좋아라", "기뻐라" 하며 사는 사람들도 있습니다. 그들에게는 좋은 일, 기쁜 일만 생기는 것 같습니다.

그런 사람들을 보며 "부모를 잘 만나서, 팔자를 잘 타고나서 좋은 일만 생기는구나" 하고 부러워하기도 합니다.

그런데 그 사람에게 좋은 일, 기쁜 일이 많이 생기는 것은 부모를 잘 만난 탓도, 사주팔자를 잘 타고난 탓도 아닙니다. 스스로 항상 좋아하고 기뻐하며 즐겁게 살기 때문입니다.

이렇게 부정적인 말을 해도 현실이 되고 긍정적인 말을 해도 현실이 된다면, 당신은 어떤 말을 하며 살고 싶어지나요.

경제 불안하고, 정치 시끄럽고, 물가 비싸고, 대형 사고 펑펑…….

아! 정말 우리나라 살기 힘들구나, 하고 넋두리를 하는 사람과, 이런 때일수록 내가 맡은 일을 열심히 하면서 살아야 해, 하고 '저마다의 처지를 약진의 발판으로' 삼는 사람이 있다면, 누가 더 밝은 미래를 얻게 될까요.

아무 생각 없이 내뱉는 말이 현실이 된다고 생각해 보세요.

짜증나, 힘들어, 재수 없어……. 이런 말, 절대 하고 싶지 않겠죠?

길지 않은 이 한 권의 책은 '정신세계'에 대해서 이렇듯 아주 이해하기 쉽게 설명하고 있습니다. 아마 마지막 장을 덮고 난 당신의 입에서는, "아, 행복해", "즐거워", "난 운이 좋아",

"신난다" 하는 밝고 건전하고 희망찬 단어들이 줄줄 흘러나올 것입니다.

말로 하면 그대로 현실이 된다는데, 좋은 말들, 좋은 인사들 많이 하고 많이 나눕시다.

백 번째 원숭이를 움직인 생각

초판 1쇄 인쇄일 | 2004년 3월 15일
초판 1쇄 발행일 | 2004년 3월 19일

지은이 | 아사미 호호코
옮긴이 | 권남희
펴낸이 | 이숙경

펴낸곳	이가서
주 소	서울시 마포구 서교동 330-1 2F
전화·팩스	02-336-3503 ·02-336-3009
이메일	leegaseo@naver.com
등록번호	제10-2539호

ISBN 89-90365-63-5 03830